Para mis hermanos Nidia, Hermes, Rita, Carlos, Rubén, María y Oscar.

Capitulo Uno
Recuerdos

En la mente, de Victoria yacía de nuevo el recuerdo aquel, que iluminaba su alma. Un niño de ojos grandes, pelo oscuro como la noche y piel de terciopelo, alelada en su descalabro, envuelta en ensueño, a través del viento podía oír sus carcajadas y su voz como una melodía, sentía en su palma los dedos cortos de la mano pequeña de su hijo, luego se desvanecía en el tiempo.

Caía una lágrima débil por sus mejillas, anhelaba estar en otro lugar, pero sus ojos la volvían a la realidad.

Se encontraba en la ciudad de Asunción, en un departamento que tiempo atrás debió de ser un sector lujoso, de interesante ubicación, pero ahora era solo un albergue de paredes opacas cubiertas de humedad.

Es el año 2025, han transcurrido cinco largas primaveras desde el inicio del fin, comenzando con la llegada del coronavirus (covid-19).

Leo se acerca a Victoria y le dice:

- Te toca hacer guardia. -Te ves cansada.
- Estoy bien - responde Victoria.
- ¿Quieres que te cubra esta noche? Así descansas.
- No gracias Leo, yo estoy bien - dijo Victoria, exhibiendo una sonrisa con los ojos.

Sus pasos cansados se dirigen a las escaleras para llegar a la azotea.

En el tercer piso, en la habitación principal dormían Rubén y Susana, en la sala estar moraban los demás.

Simón y Darío usaban colchonetas en el suelo. Ana había elegido el sofá. Victoria y Helen tenían camas de una plaza.

Pensaban que por seguridad era mejor estar reunidos.

El otro cuarto lo utilizaban como un espacio de recreación, lo llamaban "la biblioteca", allí conservaban variedades de libros y algunos juegos de mesa.

En el departamento del medio comían, allí guardaban las provistas y otras cosas que ocupaban lugar, le decían "el almacén"

El primer piso no se usaba.

La azotea era más bien como una torre de vigilancia, si veían algún peligro tenían varias opciones de escape, incluso una cuerda atada a un pilar en caso de tener que bajar de a uno.
Había un sillón, para el que debía pasar sus horas de vigilante, también un gran crucifijo de madera. Conservaban además una pequeña huerta en masetas de variedades de vegetales que sin duda era una de sus mayores riquezas. Es ahí donde se encontraba Victoria haciendo su ronda de control. Desde un extremo, Leo observaba su silueta delgada, su cabello largo y negro que se sacudía con la brisa en las alturas, sus caderas redondas reflejaban su juventud.
Cruzada de brazos, Victoria observaba con atención los alrededores, veía con anhelo la calle, al menos lo que la luz de la luna le permitía contemplar. Hacia tanto tiempo que no salía.
Leo sentía ganas de acercarse, acompañarla, hablarle quizá, pero no encontró excusa y se alejó en silencio.
Eran casi las tres de la madrugada de un día de noviembre, sentada en el viejo sillón, Victoria, reprimía el sueño repasando en su mente lo que había pasado.
La paz, la tranquilidad, el alborozo del mundo había terminado. La oscuridad reinaba en las calles de cada país.
Él era inteligente, audaz, malvado, tenía la potestad de adoptar varias formas. Siempre estuvo presente entre nosotros sin ser notado.
Pero esta vez, tal vez la malicia, la avaricia, las guerras vanas, tanta injusticia y violencia, le habían dado lugar permanente en este mundo. Desde su llegada, llegó también la era de extrañas enfermedades comenzando con el Covid-19, la variante Delta y el ómicron, el paro Cardiaco repentino, La E.D.S. (La Enfermedad del Sueño) que atacaba a niños y embarazadas, Infecciones estomacales, El Mal Del Salpullido y muchos virus que quedaron sin ser estudiados por los científicos, porque había acabado el tiempo. Ningún ejército pudo vencer al Señor de la oscuridad, ni cultos ni armas sirvieron de nada.
Era invencible y podía estar en varias partes del mundo a la vez, era inexplicable, no se sabía bien si era un solo ser capaz de estar en varias partes o incontables demonios que servían al mismísimo señor de las tinieblas oscuras.
Tampoco se sabía cuántas personas exactamente quedaban, pero para los sobrevivientes de Azara, lo importante era el día a día, tratar de protegerse.
- ¡Las enfermedades están en el aire! - decía Helen.

Esta vez no era un tierno pajarito o un animal exótico el que estaba en peligro de extinción, sino la humanidad. Las religiones, culturas, diferencias sociales y políticas quedaron en el olvido, al final todos cayeron de la misma forma.

El Señor de la oscuridad llegó para gobernar la tierra, se ha hospedado y ha tomado poder en ella. Lo habían visto en su especie de carnero, lobo, como un perro grande negro, un toro de grandes cuernos, la sombra maligna en un ventarrón o un remolino. También podía tomar la figura de cualquier persona y así engañar a sus víctimas, pero sin duda su peor forma, era la de la bestia gigante. Nadie pudo ver su cuerpo completo, pero si partes de él, algunos decían que, sus extremidades parecían las de un ave, su cuerpo estaba cubierto de una especie de plumaje en forma de pétalo.

En una ocasión Helen descubrió que perdía esos pétalos y se llevó uno para analizarlo, entonces entendió que matarlo era imposible, el material del que estaba hecho parecía plata o un cuerpo irrompible, no era de este mundo, es probable que por eso había ganado todas las batallas, acabando con todo aquel que lo había enfrentado, era la bestia invencible.

En gran parte del mundo no había electricidad, se decía que al Señor de la oscuridad no le gustaba la luz.

Victoria sentía el peso de sus párpados aumentando a cada segundo, su ritmo cardiaco se aceleraba, estaba asustada y entonces pensó que no debía dormir. Se levanta del sillón para estirar las piernas, da unos pasos, siente un desagrado interior, sentía que alguien la acechaba, como si ese alguien estuviera justo detrás de ella. El terror se apoderaba de su mente, sentía un malestar en el abdomen, entonces cruzó sus manos heladas y las sostuvo contra su pecho. Quiere correr, pero siente las piernas pesadas, hasta el punto de no poder avanzar ni un solo paso. Sus ojos se dilataban, pero colocó la mirada en el suelo para no verlo, entonces junto coraje, cerró los ojos y dijo una oración.

"Jesús, eres mi Dios, mi Señor, mi amor, sálvame de mi enemigo, sé que me puedes escuchar, acuérdate de mí".

En ese instante la rodean por detrás unos brazos fríos, pesados y una voz grave le dice al oído:

- Deja de evitarme, ya no me ignores.

La rodea quedando frente a ella en unos segundos.

-¡Abre los ojos Victoria! - le advirtió.

Pero ella no obedece y ora en silencio.

- ¡Sálvame mi Señor! Dios de mi vida y mi universo, escúchame – proclama.
De pronto, percibe que existe un silencio absoluto en su entorno y descubre que está sola. Aliviada eleva la vista al cielo.
Eran las 6 de la mañana, las nubes se entrecruzaban formando una luz grisácea en el ambiente.
- ¡Victoria! Ya amaneció, debes de entrar – dijo Rubén.
- Ya voy - respondió ella expresando un suspiro agotado, dormiría al fin.
Helen de 24 años era la líder del grupo. Antes del caos cursaba el quinto año de medicina. Hacia su pasantía en el hospital de Clínicas. Acabó el bachillerato con el promedio máximo y siempre había sido destacada. Era una mujer alta, delgada, de ojos color café y cabello miel, su carácter definido y seguridad la habían elevado a ser la cabeza de grupo.
Tenía el deseo vasto de vencer al demonio a cualquier precio, creía que con gran esfuerzo e investigación podría encontrar la manera. Se pasaba las horas leyendo libros, buscando alguna señal y la respuesta que nadie había encontrado.
- ¿Están listos? - preguntó Helen.
- Si, lo estamos - responde Rubén.
- Hoy debemos ir también a una farmacia.
- Con suerte encontraremos una que no haya sido saqueada.
- Como siempre, iremos en silencio, traten de que no se escuchen ni siquiera sus pisadas. Caminen como gallinas finas.
Leo mira a Simón y ríen.
Antes de salir del departamento, a un costado en el pasillo, cada uno se prepara para el viaje.
Helen, Simón, Leo y Rubén son los recolectores.
Ana, Victoria y Darío se ocupan del lugar, siendo también los vigiladores nocturnos. Mientras los demás no estaban, cuidaban de Susana.
Helen y su grupo se vestían con un traje impermeable, máscara protectora facial, guantes, botas. Cargaban a sus hombros grandes mochilas para traer los productos y alimentos.
Helen es la primera en salir, verifica si está despejado el lugar y luego les hace una seña para que todos salgan, el paso está libre.

Se encuentran, bajo un cielo azul sobre la calle Azara, completamente solos. Hay escombros al paso, algunas columnas torcidas, autos en el medio del asfalto, algunos chocados cubiertos de polvo y hojas secas. El silencio que reinaba era aterrador, de vez en cuando soplaba una brisa tibia que movía los residuos a su paso.

Caminaban formando una línea por la orilla, el suelo estaba cubierto de desechos que entorpecían sus pasos. La mayoría de las casas o negocios tenían las puertas abiertas o quebradas.

Todo era ante los ojos abandono y destrucción.

A Rubén, que caminaba al último, le costaba ignorar el paisaje. Sus ojos lo detuvieron por unos segundos al ver que bajo unos cartones amontonados salía una mano al exterior. Era negruzca y sus dedos estaban entreabiertos.

-"Dios mío" - dijo en vos baja. Después de mucho andar al fin habían encontrado una farmacia, sus ventanas de vidrio estaban completamente rotas. Entraron con cautela pero era imposible no pisar los pedacitos de cristales del piso por lo que se apresuraron a adentrarse, todo estaba revuelto adentro estantes caídos, cajas de cartón y hule por doquier.

- Parece que no encontraremos nada aquí – dijo Helen. Continuaron la búsqueda, pero escucharon los pasos apresurados de alguien, se agacharon de inmediato tras los bultos de muebles rotos. Un hombre entró desesperado, apretaba con fuerza su abdomen, Helen lo veía detenidamente.

El hombre estaba exhausto, se escondió tras unas tablas paradas, su respiración era agitada. Luego, tras él, entró un gran lobo negro, Helen vio sus patas movilizarse con sigilo y se llenó de miedo.

Era mucho más grande que un lobo común, su respiración era casi un gruñido, olfateaba con fuerza en varias direcciones.

Helen observaba las esquinas, pensaba en las opciones de escape, miraba el suelo en busca de un objeto que le sirviera de arma, pero no había nada. En eso descubre una puerta, era una salida de emergencia abierta a medias que se encuentra detrás de ellos, pero no reúne fuerzas para correr hacia ella. Cerca de sus pies, entre hules, ve una pequeña caja de glucómetro y se arriesga a tomarla, provocando un pequeño ruido. El lobo levanta las orejas y da unos pasos. Se escucha la respiración del hombre que pareciera estar herido. Cuando llega a él, el hombre grita con todas las fuerzas de su ser y el lobo se lanza contra él. Helen se levanta y con fuerza alienta a los demás a salir. Corren a la salida mientras la voz del hombre se desvanece.

Una vez que estaban en la calle, corrieron con todas sus fuerzas. Cuando estaban lejos de aquel lugar, comenzaron a caminar lento en silencio. Estaban tan tristes por la muerte del hombre de la farmacia, pero ni uno de ellos hacia comentario alguno, el cansancio ayudaba a apagar la voz.

En una avenida principal encontraron otra farmacia. El cerrojo estaba roto y decidieron probar suerte. Helen era la delantera, al entrar vio que había medicamentos en los estantes, se apresuró a buscar lo que necesitaba. Algunos estaban vencidos y otros servían. Cargó en su mochila de prisa mientras los otros cargaban cosas para el bebé de Susana que venía en camino. Había ropitas, mantas, biberones, leche en fórmula, pañales, jabones. Empacaron todo lo posible y salieron. Después encontraron una casa que contenía provistas, llenaron bolsas y se retiraron de allí cargados.

Regresaron al refugio conforme con lo que habían encontrado.

Siguen un protocolo de higiene y luego suben a encontrarse con los demás. Susana espera con ansias a Rubén. En pocos minutos, van entrando de uno.

- Allí estás mi amor - dice Susana y lo abraza.

Rubén la retiene entre sus brazos mientras piensa que el hombre que murió – ¡pude haber sido yo! - se decía así mismo

- ¿Estás bien amor? - preguntó ella.

- Estoy bien, estoy feliz de poder estar aquí a tu lado, eso es todo.

- ¿Qué tal te encuentras hoy? - agregó Helen con una voz un tanto quebrada.

- Estoy bien - responde Susana y sonríe.

- Bueno, te controlaré la presión un momento.

- Está bien, ¿Cómo les fue en el viaje?

- Diría que bien, hemos encontrado cosas interesantes, además de comida, también prendas para el bebé.
- Entonces fue un día de suerte - dice Susana alegre.
- Tu presión está bien Susana y los latidos del niño son normales.
- Gracias Helen.
- Bueno, te dejaré descansar - dijo la doctora y se retiró.

Escuchar el ritmo cardiaco del bebé del vientre de Susana era una melodía perfecta para los oídos de Helen, aquellos tic tac, tic tac de esperanza e ilusión. Estaba empecinada en salvar esas dos vidas. Hacía años que no había vuelto a ver un niño o a una mujer embarazada, así que tenía todo su sueño puesto en ello. Pensaba que esa criatura podría significar un nuevo inicio.

Capítulo Dos
El Viaje Inesperado

Cuando llegó diciembre, Helen tenía listo algunos medicamentos que había podido conseguir.
Estaban reunidos en su mayoría cuando Helen se pone de pie y dice:
- ¿Los recolectores me pueden seguir a la cocina? Tendremos una pequeña reunión.
Rubén se sintió intrigado, si era algo bueno, lo diría delante de todos pensó.
En la cocina, los muchachos habían llegado, ubicándose alrededor de la mesa.
- Quería informarles acerca de un viaje de suma importancia que debemos hacer - dijo Helen.
- ¿Pero adonde iremos? - preguntó Simón viéndola como si estuviera desvariando.
- Escuchen, tendremos que ir a una Clínica de Maternidad, a la más cercana posible, para conseguir ciertos instrumentos que necesito para el parto de Susana, eso no lo encontraremos en las farmacias. Sé que es un riesgo considerable y entenderé si alguno no quiere ir.
- Yo iré – dijo Rubén levantando su mano la mano y los demás lo siguieron.
- Creo que el de menor distancia es el Hospital General de Barrio Obrero - afirmó Helen.
- ¿Y cómo iríamos? Yo puedo probar suerte con algunos de los autos que están varados allí en la calle - planteó Simón.
- Iremos caminando, es la forma más seguro de no llamar la atención, volveremos a hablar de esto en otro momento, planear la ruta, entre otras cosas.
Después del informe de Helen, Rubén fue al dormitorio.
- ¿Qué es lo que quería Helen? - dijo Susana.
- Debemos programar una visita a un hospital para conseguir lo necesario para el nacimiento.
- No quiero que vayas, ¡quédate!
- Me comprometí a hacerlo, debo ir - sostuvo el sentándose en la cama.
- Cada vez que sales, me aprieta el pecho, siento una angustia casi insoportable.

- Todo estará bien amor - le aseguró abatido, pensando en las cientos de formas en las que podía morir afuera, pero, ¿Qué es la vida si no puedes luchar? Se decía a sí mismo.
- Hey, estuve pensando y creo que ya podemos tener en cuenta algunos nombres para el bebé. ¿Cómo te gustaría que lo llamemos si es un niño o una niña?
- Lo que tú elijas estará bien para mí - opino Rubén.
- A veces creo que no estás contento con esto, no muestras ni un poco de entusiasmo.
- No es eso - expreso Rubén.
- ¿Qué pasa entonces? Evitas hablar de él, ¿no lo quieres?
- Yo no diría eso, es solo que no me esperaba esto.
- ¿Y qué es lo que esperabas? ¡Dímelo! ¿Acaso deseabas que me deshiciera de él?

Rubén da un suspiro profundo mirando el piso y exclama: - parece que no ves la gravedad de la situación, las cosas ya estaban de por sí mal, pero desde que eso está en tu vientre, ya no vivo.
- No lo llames Eso, es un niño y yo lo amo - le manifestó Susana con lágrimas en los ojos.

Rubén la mira de reojo, ve sus manos que reposan sobre su vientre redondo y se siente apenado.
- Tengo miedo de perderte, no descanso, la imaginación es fatal, me despierto en plena madrugada y me levanto como un desquiciado, controlo tu respiración y me desvelo pensando en lo que puede pasar. No puedo decirte todo lo que me viene a la mente porque es terrible. Vives en la ilusión, ojala yo pudiera, pero cuando salgo de estas paredes, solo veo el vacío, cosas tiradas edificaciones derrumbadas, en el suelo como si nada, no hay ni un alma por la calle. Después de tanto tiempo, el otro día, vi a un hombre de mi edad más o menos, un lobo lo mató frente a nosotros y no pudimos hacer nada. Solo te tengo a ti, te necesito Susana, no me pidas que tenga una sonrisa todos los días, porque no puedo. Yo te amo y no sé qué haría si llegases a faltarme.
- Lo siento, no lo sabía, yo siempre converso con Victoria y ella me aseguró que el diablo no vendrá aquí - lo interrumpió Susana con un cálido abrazo.
- Y que podría saber ella sobre eso - dijo él.
- No lo sé, pero ciento dentro de mí que debo escucharla, me calma y me arrebata el miedo, ¿acaso está mal eso? Ven, acuéstate a mi lado, deja las preocupaciones, solo vive el momento amor.

Rubén se acomoda a su lado y toma su mano.

Él era el menor de dos hermanos, su madre era costurera, había criado a sus hijos sola con esfuerzo por lo que Rubén aprendió el valor del sacrificio y del trabajo, empezó a emplearse a los diez años como lustra botas buscando a sus sofisticados clientes en el Palacio de Justicia y alrededores, por las tardes asistía a la escuela, el dinero que recaudaba su madre lo guardaba en una caja secreta bajo llave, simulando que se trataba de una caja de ahorro.

– Le darás un buen uso a este dinero algún día cuando seas grande - le decía.

Más adelante realizó otros trabajos como repartidor de volantes para tiendas, salía a vender chipas en una canasta en su barrio, también hacia lavado de autos en su casa en su tiempo restante. A los quince años empezó a estudiar de noche en el SNPP, a la par que a la secundaria y al trabajo. A los dieciocho fue contratado en una importante empresa logística como operador básico de pc, en ese tiempo pudo asistir a la Universidad de Entrenadores de Deporte, consiguiendo certificado en licenciatura y maestría. A los veintiocho años había ahorrado lo suficiente, inauguró un prestigioso gimnasio en el centro de la ciudad de Asunción, consiguiendo pronto atraer cientos de personas. Con ese éxito logro independizarse y darle a su madre una mejor calidad de vida. Después de un tiempo apareció Susana en su vida, llegando al gimnasio como una mujer más, que deseaba hacer deporte. Pero pronto Rubén se vio envuelto en sus encantos.

Lo que comenzó como una aventura lujuriosa se había transformado en un amor divino para él.

Antes de conocerla solía ser un hombre de costumbre rutinaria, poco festivo del trabajo iba a su casa a descansar, veía películas desde su cama, se dedicaba al deporte. Sus relaciones siempre eran casuales, los domingos le dedicaba el día a su madre. Su vida había dado un giro inesperado cuando se involucró con Susana, "la Pelirroja del Gin", sus cabellos rizos naranjados conjugaban el vigor de las pecas de sus mejillas. Tenía los ojos de color miel verdosos, la nariz refinada y una sonrisa seductora, pero más allá de su exuberante belleza tenía la gracia de la simpatía, era divertida intensa y viajante.

Ver películas desde su somier los fines de semana era cosa del pasado desde que floreció aquel romance, viajaba a diferentes partes turísticas del país, alguna cabaña rústica o motel del amor, se adentraban en los bosques, escalaban montañas y pronto le tomó la mano al ritmo de Susana.

Y en cambio ahora, eran presos de cuatro paredes y un bebe aguardaba en el vientre de su amada. Su mente era diariamente consumida por el temor y la intriga .No podía imaginar cómo sería la crianza de un niño en las condiciones en la que se encontraban.

¿Qué pasará cuando el pequeño entrara en llanto? Al ser un riesgo de ser escuchado por el demonio ¿será que Helen los seguiría protegiendo? se preguntaba en el silencio.

Después de dormir algunas horas, sentada en una silla, Victoria entretenía su mente con un libro. Helen se acomoda en el sofá frente a ella.

- ¿Que estás leyendo? - le preguntó.
- Es una novela "El Diario de Noah" – respondió Victoria.
- ¿No viste la película?
- Si la vi, pero quise leerla igual, me encanta pensar en un amor así, que algunos tienen la suerte de coincidir en el tiempo y poder ser correspondidos

 No entiendo lo que dices, ¿sabes lo que pienso? Creo que para la unión de dos personas debe de haber compañerismo y respeto, lo demás es detalle – indicó Helen - Mira, cuando estaba en el cursillo salía con un chico de mi clase, pero él no ingresó, yo la verdad esperaba que él lo intentara de vuelta, teniendo en cuenta a una compañera que ese año era su cuarto intento y lo logró felizmente, pero el señorcito dijo que después de todo no quería ser doctor y que tal vez probaría la carrera de derecho y yo pensé ¿si este hombre no sabe lo que quiere, como puede quererme a mí? Fue a una universidad privada que costeaban sus padres, pero no se esforzaba en absoluto, repetía las materias, rendía una y otra vez. Era muy tranquilo, no tenía ambición ni metas, no le importaba el tiempo que desperdiciaba ni el dinero que se gastaba en él. Traté de cambiarlo porque vaya que en otros aspectos nos llevamos muy bien era un hombre complaciente y hasta cierta parte de mi locura hasta me gustaba su forma desfachatada de ser, siempre bestia de negro, estaba de guitarrista en una banda metálica, era alto de cabello riso hasta el hombro, era casi un pecado, un día le dije "eres un mal criado, un zángano" le explique que él no avanzaba en su vida y me respondió… - "y tú eres una amargada nena". Me enfadé bastante y lo dejé, mi padre en cambio estaba feliz, no le agradaba para nada ese muchacho, no confiaba en él ni le gustaba su actitud, decía que era muy arrogante y ahora que lo recuerdo hasta me da risa, sabes que el día que lo lleve a mi casa a conocer a mis padres, estábamos reunidos en la sala y mi padre empezó a interrogarlo y antes de responder a sus preguntas, el quito un cigarrillo, lo encendió, comenzó a fumar y hablar. Debiste ver la cara de mi padre…. le dijo – en esta casa no se fuma, ¿no tienes modales? y él le respondió "Sereno jefe, me salgo" y se retiró. El y mi madre me miraron como si yo hubiera metido al diablo en la casa, yo solo sonreí y salí tras mi novio, era un personaje.

-Y finalmente lo dejaste - dijo Victoria.

- ¡Por supuesto! En una pareja ambos deben tirar de la misma soga para adelante y lo más importante, la persona que eliges para que sea tu compañera, debe darte paz y tranquilidad, no sufrimiento ni quebrantos. Es verdad que a veces las cosas pueden cambiar, pero en su caso, él era como una bala perdida y dime ¿tú crees que yo soy una amargada?

-No creo para nada que lo seas, eres más bien una chica seria, inteligente, eres demasiado responsable, pero eso está bien créeme. Es probable que un caballero experimentado de mente madura te comprenda mejor.

-Un hombre mayor que yo suena bien - dice Helen con algo de picardía.

-Y cuéntame ¿en qué momento elegiste la medicina?

- Creo que fue de niña. Un día, mi padre me había regalado una muñeca Barbie embarazada, presionabas su vientre y él bebe salía al exterior y cuando vi al muñequito bebe en mí mano lo supe, le dije a mis padres: de grande voy a ser doctora. Los ojos de Helen brillaban y la nostalgia se apoderaba de ella recordando aquellos tiempos. Luego a los dieciocho años comencé el cursillo de ingreso a medicina. Después de unos meses termine los últimos exámenes y el día que salió los nombres de los egresados, mis padres me acompañaron a ver el resultado. Cuando me encontré de frente a las hojas pegadas en las pizarras me llene de dudas y miedo pues estaba cara a cara con un posible fracaso y no quería defraudarlos, pero un grito potente de mi

padre me quitó los ojos del suelo y congeló mis pensamientos -¡Hurra vamos hija mía! ¡Estás dentro! - dijo dándome unas palmadas en la espalda y saltaba como si haya pegado al gordo del Bingo. Estaba tan feliz.
- ¿Y tú madre?
- Ella solo tenía una sonrisa a medias, tenía la seguridad de que mi nombre estaría allí, no se veía muy sorprendida, me había preparado toda mi vida para ser una vencedora, lograr lo que me propusiera en verdad.
-Me imagino que era muy exigente contigo y tu hermano.
- Lo era. ¿Por qué lo dices?
- Es que eres muy ordenada.
-Mi madre me enseñó a dar siempre lo mejor de mí, a esforzarme en las cosas que hacía, y aquí entre tú y yo, agradezco cada jalón de pelo, cada chancletazo, porque con eso me forme. Era una mujer muy trabajadora, con las mil cosas que hacía, aun así, estaba para mí. Revisaba todos mis cuadernos y me corregía cada detalle, más aun que mi maestra, nunca se le pasaba algo por alto, con decirte que en la mesa de estudio éramos siempre las tres.
- Tu, ella y ¿quién más?
- La chancla pues - dice Helen con una sonrisa llena de nostalgia - pero te confieso que también era una madre dulce y amorosa. Recuerdo que en las fiestas de mi cumpleaños siempre me dejaba escoger un disfraz de princesa, me hacían una fiesta y me decía: ¡un año más mi florcita! y me abrazaba, era para mí como si fuera mágica, porque podía hacer cualquier cosa con sus manos, hacía muñecas, peluches, chiches, accesorios, decoraciones. Era una artista, todo lo que hacía parecía tener luz y vida, era increíble. Y tu Victoria, cuéntame ¿te has casado o tenías pareja?
- No, para nada, era madre soltera.
En ese momento Leo entra y se acomoda cerca, observando disimuladamente a Victoria.
- ¿Y el padre de tu niño? - insistió Helen.
- Yo solo deseaba ser madre, es una historia tonta en verdad, ambos buscábamos algo, pero una cosa distinta, por lo que no había comprensión ni apoyo, así que cada uno siguió su camino.
Para Victoria siempre era complicado hablar de su vida, siempre exponía la información a medias y del modo en cual sea mejor visto. Odiaba que la vieran con ojos de pena o discriminación.

- ¿Qué piensas?, te has quedado callada - dijo Helen.
- Nada, solo pensaba, ¿Y tú Leo?
- ¿Yo qué? - contestó el.
-¿Qué hacías antes?
-Ah, tenía una veterinaria en Sajonia, allí pasaba la mayor parte del tiempo. Tenía un amigo que me ayudaba.
- No sabía que eras veterinario - dijo Helen.
- Sí, lo era y antes de venir aquí trabajaba con mi padre en su panadería.
-En serio, con razón sabes hacer pan casero.
- Si, lo aprendí con él, hice también algunos cursos de repostería, pastelería y confitería. Su panadería era bastante conocida en La Colmena, mi ciudad natal, como un lugar donde todo era delicioso, él era muy bueno en su trabajo.
 – ¿Y tenías hermanos?
- No, éramos solo el viejo y yo, era un señor mayor, tenía sus mañas. Yo era su único hijo, así que generalmente tomaba decisiones por mí. Quería que yo fuera su sucesor en la panadería. Yo quería ir a la Universidad, estudiar endocrinología o alguna rama de la medicina, pero no tenía su aprobación y no era por maldad, supongo que él pensaba que no era necesario para mi estudiar porque trabajo ya tenía, o tal vez no quería quedarse solo, en la panadería tenía sus ayudantes y amigos pero al volver a casa éramos solo él y yo.
- ¿Y tenías novia ahí en la Colmena?
- Sí, era una chica sencilla del barrio, su padre era amigo del mío. Era la mujer que a mi padre le agradaba para mi esposa, era tranquila, serena, sus padres siempre estaban presentes cuando la visitaba.
- ¿Es en serio? -dijo Helen con una risa burlona.
 - Si es verdad, se había vuelto una costumbre estar todos en la sala mientras nosotros hablábamos, sus padres venían la televisión y hacían cualquier cosa allí con tal de no dejarnos a solas. Si salíamos por ahí al cine, a una plaza o a cenar, iba con nosotros la hermana de ella, que para nada era alcahueta, supongo que era una estrategia para que nos apuráramos a casarnos. Pero un día me decidí a seguir lo que quería para mi vida, le dije a ella que me iría a la ciudad de Asunción a estudiar y trabajar, quiso irse conmigo, pero le dije que no, que encontraría alguien mejor que yo, me sentí fatal por ella. Pero el mayor problema me esperaba en mi casa, cuando mi padre se enteró, casi me pega, estaba tan enojado el pobre. Pensé que con el tiempo cambiaria de parecer.

Al día siguiente, me coloqué la mochila al hombro y me despedí, pero no me dijo ni media palabra, me quedé un instante detrás de él, viendo su espalda, estaba parado, quieto, con sus manos puestas en la mesa y pensé... ¡vaya, que mal hijo soy!, mi madre lo había abandonado y ahora yo, mejor me quedaré, soltaré la mochila y se acabó…. Pero no pude hacerlo y me fui. Tomé el primer bus rumbo a Asunción.

Luego renté un pequeño cuarto, y me puse a buscar empleo, el tiempo pasaba y el dinero se esfumaba. Vendí muchas de mis ropas y mi celular, compré uno que ni era táctil, pues debía tener uno para que me llamaran de las agencias donde dejaba mi currículum - expresaba Leo recordando esos tiempos con alegría.

Y no le pedí ayuda a mi padre, no quise hablar con él estando en esa situación. Un día de suerte diría yo, me llamaron de un reconocido supermercado, había vacancia para panadero y fui a la entrevista temprano. Cuando la mujer gerente de recursos humanos me dijo: "puedes comenzar mañana" quise gritar a los cuatro vientos y abrazarla por el gesto tan grande que hacía, de abrirme las puertas. Aunque estaría a prueba en un periodo de cuatro semanas, yo tenía la seguridad de que me quedaría. Le agradecí inmensamente. Al mes fui contratado, el problema era que mi turno rotaba y no podía estudiar, seguí gran tiempo pensando cómo hacer para asistir a la universidad, había dado por hecho que medicina era inalcanzable en mi situación, solía hablarle a mi padre y lo visitaba cuando podía. Para el año siguiente hablé con mis supervisores solicitando un turno de diez horas máximas y de ser posible mantener el mismo horario, me aceptaron y decidí estudiar veterinaria. Con el tiempo se le quitó el enojo a mi padre. Cuando me gradué, él estuvo presente, así como también algunos compañeros míos del trabajo, en ese tiempo era yo supervisor de panadería. Ese día el viejo me dijo entre lágrimas que estaba orgulloso de mi y eso era lo mejor que alguna vez había escuchado de él, sabía que me quería, pero él era un señor de pocas palabras, todo se lo guardaba.

En el año 2020 le dio el virus maldito ese del coronavirus, sus pulmones no resistieron, estuve todo ese tiempo que estuvo internado en el hospital, fueron veintidós días, no me permitieron verlo, tenía tantas cosas que quería decirle pero se fue.

- ¿Y qué paso con la panadería?

- Luego de un tiempo la hice funcionar de nuevo, pensé en venderla junto con la casa, pero no pude deshacerme de ellas, tenían todos mis recuerdos, mandé a instalar cámaras en la panadería y creció el lugar, ahora las personas podían desayunar y merendar, no es por presumir, pero el café era exquisito. Contraté más personales, yo iba cada semana, pasaba una noche en la vieja casa y luego regresaba. Las cosas iban bien hasta que tuve que cerrar por la pandemia.
- Estoy soñando con ese café ahora mismo – dijo Victoria - les preguntaré algo a ambos ¿ustedes no piensan en las demás personas? Porque yo sí. Pienso a diario en que tal vez estén sufriendo, pasando hambre, dolor o soledad. Aquí contamos con agua, alimentos y medicamentos. Tal vez podríamos…
- Antes de que termines la oración ¡olvídalo!, ¡Victoria! a veces en serio pareces una niña, no podemos ayudar a nadie, en estos tiempos ya no podemos ser solidarios por precaución. Las personas pueden estar enfermas o pueden robarnos todo lo que hemos conseguido.
Dicho eso Helen, se levanta y se retira, dejando a Victoria con los ojos desanimados.
-¿Estás bien? – Preguntó Leo - mira, ella solo intenta protegernos, a veces es muy rígida, pero es buena gente.
- Lo sé, es solo que no puedo evitar pensar en los demás.
- Puedes hablar del tema con ella después del nacimiento del bebé, yo creo que estará más apacible. ¿Sabes qué? tengo algo para ti en la cocina - dijo Leo - ¡Sígueme!
Victoria lo hace entusiasta y bajan las escaleras Leo abre la puerta con afán y la intriga de saber la reacción de ella, después de todo, lo que le daría era tan poco.
- Siéntate en la silla, lo traeré – le dijo. Luego trajo un pequeño paquete en la mano.
- ¿Qué es eso?
Leo abrió lentamente su mano exhibiendo el contenido. Es un sobre de Col-Café Cappuccino de Noca.
-¡Guau me encanta!
- Sé que te gusta mucho el café, la última vez que salimos lo encontré y pensé en ti. Ojalá pudiera darte más - añadió Leo.
-Esto es suficiente, me has sorprendido.
-Y espera que lo prepare, quédate allí sentadita e imagina que estás en una gran cafetería de 5 estrellas y yo seré el mozo.

-Está bien - dijo ella colocando los codos sobre las mesa y sus manos bajo el mentón mientras observaba a Leo con alegría. ¿Porque ese hombre se esmeraba tanto por ella? pensaba Victoria mientras Leo batía el café entusiasmado teniendo en cuenta cada detalle para conseguir la perfección. Pronto el aroma había inundado la cocina. Victoria se quitó la mascarilla y se dispuso a disfrutar.
- ¡Su café está listo señorita! espero sea de su agrado.
- Gracias señor mesero, pero me gustaría compartirlo con usted.
-Ha no, es solo para ti Victoria.
-Está delicioso, yo no sé cómo pagarte. Dijiste que eras el mozo, pero no tengo dinero.
-Me basta con que te haya gustado y tal vez un día, si me lo permites te haga probar un café realmente exquisito, si hubiera otra oportunidad para nosotros, creerás que soy soñador, pero yo creo que las cosas van a mejorar y esa cosa que nos está cazando se irá y con él todas las plagas.
-Me encanta que tengas esperanzas Leo, debes creer y las cosas van a suceder – respondió Victoria.
- Y si llegara ese momento, ¿aceptarías la cita conmigo? Digo el café, pero deberás ir conmigo a la Colmena.
- No lo sé, tal vez sí, ¿somos buenos amigos no?
- Si es cierto y ¿crees que pueda acompañarte hoy en la madrugada en la azotea?
-Gracias Leo, pero no creo que Helen apruebe que estemos entre dos personas allí, me ha encantado el café, ahora iré descansar un rato.
Leo se sienta en la silla que Victoria dejo vacía pensando: ¿Cómo es posible conquistar a alguien en medio de la tempestad? Y ojalá fuera solo ese el problema, pero sé que no es.

Capítulo Tres
La Tormenta Del Demonio

La tarde había caído finalmente, el cielo encontraba ligeramente nublado, vientos pronunciados y se oían algunos truenos lejanos. Sin duda se avecinaba una tormenta.
- Esta noche no saldremos a la azotea, nos quedaremos aquí. Hay mucho viento y me temo que pronto vendrá la lluvia - anunció Helen obteniendo la atención de todos.
La preocupación encontraba lugar en cada uno de ellos, en ese tiempo la lluvia era tenebrosa, no se sabía que traería consigo
Pronto los truenos eran más repetidos y más cercanos dando lugar a las primeras gotas de lluvia y que en segundos se había transformado en una tormenta eléctrica. Los 7 están reunidos en la sala con una lámpara a kerosén.
El sonido de los granizos era imponente. Los ojos de Helen parpadeaban contemplando la luz en el suelo. De pronto pareciera que una fuerza le daba movimiento al piso, inmediatamente se pone de pie.
-¡Algo se acerca! - dijo Helen.
Todos guardan silencio y comprueban que los cristales de las ventanas suenan de modo tembloroso. Se escuchaban golpes que parecían pasos gigantescos y retumbantes.
- ¡Apaguen la mecha ahora! – ordenó Helen. Quedando así en una oscuridad absoluta e insólita repletos de miedo. Rubén sostiene la mano de Susana.
- Creo que es un terremoto - opinó Darío.
- ¡Silencio! -dijo Helen en voz baja - ¡es el demonio! no hagan ni un sólo sonido, está aquí y no creo que sea precisamente amigable.
El resplandor del exterior jugaba en sus mentes un papel aún más terrorífico.
Los colores del reflejo de los relámpagos iluminaban por instantes el espacio donde estaban, Helen se percata que la cortina de la ventana se han corrido unos milímetros a un costado.
Siente palpitaciones, su mente no reacciona a un 100%, pero lucha contra el miedo pensando en Susana y en los demás. Da un paso al frente entre las sobras de la noche avanzando hacia su objetivo.

Cuando sus dedos palpan las cortinas, no puede contra la tentación de conocer a su enemigo, los rayos azules le conceden ver los ojos negro brillosos de la mayor bestia que hubiera existido, era gigante, capaz de derribar el edificio de un manotazo, se quedó intacta con la mente en blanco. Sintió un golpetazo en alguna parte del departamento, ocasionando caigan puños de arenillas sobre la cabeza. Asimilando que la muerte estaba justo delante de ella, sus sueños, y cada sentimiento tras él, se desvanecían, entonces se vio pequeña. Tal vez era inevitable pensó, mientras se disponía a recibir el impacto del demonio.

De pronto los trapos de la cortina se acomodaron de golpe y en medio de los sonidos macabros escuchó la voz de Victoria orando, casi como un susurro, la tomó del brazo y la ayudó a sentarse en el suelo, la sujetó de la mano, la apretó con fuerza y entendió que ella temblaba, sin embargo oraba con el alma. Tratando de escuchar lo que decía comprendió que el mal se había sido y con él los truenos furiosos. Solo quedaban las goteras de las lloviznas mansas y el resplandor de los cielos.

- ¿Están todos están bien? – preguntó Helen mientras se ponía de pie. Todos responden menos la embarazada.

- Algo le sucede a Susana – afirmó Rubén con desesperación- ¡Dios mío! ¡No reacciona!

- No puedo ver nada, busquen linternas de prisa - proclamó Helen aproximándose y chocando con las camas a su paso. Leo consigue la luz y la apunta a Susana. -Está bien, es sólo un desmayo.

Esas palabras hicieron que el novio volviera en sí recobrando la tranquilidad, la llevan a su dormitorio.

- La dejaremos descansar, que despierte ella sola, le hará bien reposar después del susto.

– Gracias Helen y ¿crees que esa cosa vuelva?

-No lo creo, más bien pienso que no se percató que estábamos aquí por eso se ha ido, trata de descansar también.

En el otro ambiente, la luz tenue de las velas retenían los pensamientos de Victoria.

- ¿Estás bien? – le preguntó Leo

- Sí, gracias a Dios no ha pasado nada.

- Yo creí que te perdería, digo, que nos perderíamos, que pasaría algo terrible.

- Puedes estar tranquilo ahora, iré a beber agua - dijo Victoria.

- Pero porque me vuelvo tan tonto al hablarle ¡hay mi Dios!

\- ¡Eres terrible! mi amigo, debes practicar eso.
\- ¡Helen! Casi me matas del susto, no sabía que estabas atrás de mío - dijo Leo con simpatía.
Después de un rato, recostada en su pequeña cama el insomnio llegaba a los ojos de Helen. Pensaba una y otra vez en la bestia. Sentía como y si se le acabara el tiempo ¡mándame una señal señor ya no sé qué hacer!, decía en voz baja.
\- ¿Aún no duermes?
\- Hola, ya lo ves, no consigo agarrar el sueño, me has ayudado hoy, gracias Victoria
\- No fue nada, trata de dormir sí - contestó ella.
En realidad nadie pudo dormir esa noche. En la madrugada de pronto, Susana había despertado, estaba confundida pero los recuerdos de a poco volvían a su mente.
\- ¡Amor haz despertado! estaba preocupado- dijo Rubén
\- ¿Qué fue lo que pasó?- dijo ella afligida.
\- Te desmayaste.
\- Ya lo recuerdo. ¿Alguien resultó herido?
\- No amor, todos están bien, anda, vuelve a dormir.
\- Creí que moriríamos cuando ocurrió eso, yo debo confesarte algo.
\- Mejor no, hablaremos después - dijo él acobijándola.
\- Quiero hacerlo ahora, ¡escúchame!
\- Es que tal vez no quiero escucharlo, créeme.
\- Te mentí, yo te engañe, fue hace mucho tiempo, no sé porque lo hice, ¿podrás perdonarme?
\- Yo ya lo sabía Susana.
\- ¿Qué? Y ¿Por qué no dijiste nada?
\- No lo sé, tal vez si lo hubiera hecho hubiéramos terminado, decidí darte un tiempo. Puse las cosas en una balanza imaginaria y lo bueno tenía más peso, no estaba dispuesto a perder eso, pero si me lo hubieras pedido me hubiera hecho a un lado.
\- Y ¿Cómo lo supiste?
\- No fue difícil, estabas distante, mentías, en fin, ya no importa.
\- Yo lo siento, no significo nada para mí.
\- No digas eso, te ¡has divertido! ¿No?, entonces sí tuvo importancia.
\- Te pedí que me perdonaras, yo siempre he arruinado mis relaciones, no sé porque, creí que lo nuestro se acabaría, mírame, fue por tonta, pero después me di cuenta que no necesitaba a nadie más que a ti y ya no traté de perderte.

Susana no podía evitar las lágrimas, nunca había tenido un amor tan noble como el Rubén y no lo había analizado hasta ese momento - ¡Perdóname! – dijo.
Olvídate de eso princesa, dejemos el pasado atrás, en el olvido – respondió él, sintió las manos de Susana enseñándole el calor de su cuerpo y el amor se consumió bajo las sabanas.
Susana siempre había tenido muchas amigas y amigos, era popular, y su carisma le abría las puertas por donde iba. No tuvo hermanos, su padre era español residente y su madre paraguaya. Un día, mientras la hija se arreglaba para una cita, el señor se sentó frente a Rubén que esperaba y le dijo: - Joven, debo confesarte cierto temor que tenemos Aurora y yo acerca de la relación entre nuestra hija y tú, ¿puedo hablarte como a un hijo?
-Por supuesto señor.
-Tuvimos a Susana justo antes que se nos fuera el tren ¿sabes lo que significa eso? Que estábamos contra él tiempo. Cuando llegó mi princesa a nosotros, le hemos dado todo, desde el amor inimaginable hasta de lo mejor en las cosas materiales. Es probable también que hayamos fallado, porque le dimos demasiada rienda suelta, hasta el punto de no saber darle una respuesta sencilla de "no". Sé que es un poco libertina, de mente alocada, pero quería pedirte que no te aproveches, ni te confundas, en el fondo es una niña y es nuestra luz, ella es todo lo que tenemos.
-No lo haré señor Mauricio, no tengo malas intenciones con su hija, sino todo lo contrario.
-Entonces te pediré un último favor como padre, ¡cuídala!
-Tiene mi palabra señor, así lo haré - respondió Rubén. Y se había guardado aquella promesa.
Por la mañana el sol estaba de vuelta. En la biblioteca las chicas pasaban el tiempo leyendo cada una un libro, Helen tenía la biblia.
-Hay tantas reflexiones aquí, algunas predicciones son tan acertadas a lo que vivimos hoy – dijo ella - escuchen esto..
"Carta de Nahúm"
 La ira vengadora de Dios
Jehová es un Dios celoso y vengador. Lleno de indignación, se vengó de sus adversarios y guarda enojo para sus enemigos. Es tardo para la ira y grande en poder, no tendrá por inocente al culpable, él marcha en la tempestad y el torbellino y las nubes son el polvo de sus pies.

El amenaza al mar y lo hace secar y agosta todos los ríos. Basán fue destruido y el Carmelo y la flor del Líbano fue destruida.
Los montes tiemblan delante de él y los collados se derriten, la tierra se conmueve a su presencia y el mundo y todos lo que en el habitan.
¿Quién permanecerá delante de su ira y quien quedará en pie en el ardor de su enojo, su ira se derrama como fuego, y por él se hienden las peñas?
Jehová es bueno, fortaleza en el día de la angustia y conoce a los que en el confían.
-Esto habla como si Dios fuera un tirano- alegó
-No es así – interrumpió Victoria – piensa: si Dios no fuera un vengador, si no tuviera ira, entonces no habría justicia. La del hombre no alcanza a veces para algunos crímenes y muchos de ellos han quedados impunes, el culpable probablemente seguiría por allí causando más daño. Es por eso que dice que Dios es vengador, se refiere a que nadie quedará libre de culpa. No se puede esconder del Señor, es Él quien dará consuelo a sus hijos y víctimas de terribles pérdidas o sucesos trágicos.
-Recuerdo, que mal, me sentía cuando escuchaba a ateos exponer sus opiniones, nunca me puse a debatir mis ideas, por respeto, a las creencias ajenas, y porque ya no estamos para convencer a nadie, ya se hiso todo por nosotros, Jesús vino al mundo para enseñarnos el camino, la verdad, evitaba ver, sus comentarios y escucharlos porque me herían, al insultar a mi Dios, por lo general estos, eran personas preparadas, adultos, es diferente predicar y darle la buena nueva a otros que no conocen al señor por falta de recursos, u otras cuestiones, personales.
-También estaban los que enseñaban que Dios es amor, que él nos acepta, como somos, que para él no existe el pecado, porque nos ama, y me lleno de coraje escuchar eso, ¡que equivocados pueden estar algunos!
-Dios es amor, sí, pero él es justo, la justicia viene de él, no es cómplice de pecadores, no podría aceptar a grandes asesinos, ni ladrones, ni pedófilos asquerosos, ni a nadie que lo haya olvidado, como cualquier buen padre, estará en desacuerdo con las malas acciones de sus hijos, y procederá según el problema, por eso debemos pensar en él, antes de hacer algo malo, decir: no aré esto porque no quiero defraudar ni faltar a mi padre el señor, y ¡que orgullo se sentirá el padre de su hijo.
-No me tomes a mal, pero creo que debiste de ser monja.

La respuesta de Helen le causo gracia a Victoria.
En realidad Helen no podía entender cómo es que esa chica podía tener esa fe inquebrantable, aun después de perder a sus padres y a su niño, no le quedaba nada, pero seguía firme.
Llegó el día de recolección.
Esa mañana fueron al que había sido en el pasado un reconocido supermercado.
El piso estaba parcialmente cubierto de escombros y cajas, muebles tumbados, las goteras del techo eran evidentes, la humedad y los desechos eran la invitación perfecta para los roedores.
- Levanten los objetos para encontrar cosas – dijo Helen.
Rubén se ingenia tratando de levantar una barra de hierro que tal vez pertenecía a un estante.
- Aquí hay algunas latas de durazno y otras que no puedo ver de que son, ayúdenme a mover la barra.
Leo se acerca dispuesto a colaborar, se coloca en un extremo introduciendo la mano entre él y el aluminio que obstaculizaba, sus guantes se mancharon de arenilla negra.
- ¿Lo tienes?, bien, entonces ¡levanta! ¡Madre de Dios! -exclamó Rubén tirando la tabla a un costado.
- ¡Pero qué demonios! ¿Qué sucede?
- ¡Es un cadáver! Está aquí abajo – dijo Rubén apretando su estómago.
-Ya veo, al parecer es una mujer, debe llevar ahí más de un año, quitaré las latas para ver si es que sirven aún.
-Pero ¿te acercarás a esa cosa?
-Son sólo huesos putrefactos, más temo por los ruidos que ustedes dos hicieron - dijo Helen.
Mientras tanto Simón por su parte ha encontrado algunas provistas y las empaca.
- Mira Rubén es una bañera de bebé, está negra de suciedad pero podemos limpiarla y servirá.
- ¡Gracias amigo!
- Una latona, genial - añadió Helen.
Al final juntaron todo lo que pudieron y se marcharon.
En el refugio, después de unas horas, la mayoría de ellos dormía mientras el tiempo transcurría.
Y así pronto la luna se hizo presente en el espacio.

Para Victoria era más difícil conciliar el sueño en las noches que en el día. Sus ojos grandes brillaban en la oscuridad, su mente la llevaba a diferentes épocas de su vida, a veces la visitaba sus peores recuerdos y otras viajaba a través del tiempo reencontrándose con mágicos momentos que le dibujaban una sonrisa.
- Será mejor que me levante – dijo dirigiéndose a la azotea un tanto mareada -¡Darío, ve a descansar!, yo me quedaré.
- ¿Estás segura? Es que aún no es tu turno.
- No puedo dormir, es mejor estar aquí.
- Claro, entonces nos vemos más tarde - anunció Darío y se alejó lentamente. Cuando bajaba por las escaleras se percató que no llevaba su rosario de plata.
- Tendré que subir de vuelta – dijo.
Victoria se sienta en el sillón, cierra los ojos, se saca la mascarilla y respira profundo.
Al llegar a la azotea camina en silencio hasta llegar frente a Victoria y se sobresalta.
- ¡Victoria!, ¿por qué te has quitado la máscara?
- Me la pondré otra vez, casi me matas del susto, ¿por qué regresaste?
-Olvide mi cadena debió caerse por aquí…, ya, la encontré bajo el sillón, bien ya me voy.
Estando sola, Victoria se asoma a la superficie y la invade la soledad.
- ¿Señor estás aquí? ¿Puedes escucharme? – Dijo y se acomodó en el sillón inclinando su cabeza hacia atrás - No quiero estar aquí, es que no alcanzo a comprender por qué me quedé, te he implorado que me llevaras, no te enfades, pero a veces no encuentro sentido. Extraño tanto a mi pequeño, siento que muero de dolor, de todo lo que pasó esto es lo único con lo cual no puedo, tú sabes porque.
Mientras hablaba, su voz se hacía en cada silaba más débil. Entonces respiró profundo y miró a su alrededor, se asusta al ver que ya no está en la azotea sino en la entrada de un cuarto. La puerta era mosquitera, la abrió y ésta rechinó. Entró a la habitación con una mala sensación en el estómago. Entonces vio una cama rústica y en ella dormía una niña, a su frente había un sillón de madera de esos que se hamacan, Victoria estaba completamente anonadada, debió quedarse dormida pensó y su mente comienza a navegar, una luz opaca entraba a través de los tejidos. Observó detenidamente él lugar, había un altar de María Auxiliadora y otros santos, en el otro extremo un cuadro colgado,

Centró sus ojos en él. Volviendo el tiempo atrás, estaba en su dormitorio y esa niña que dormía era ella. Le encantaba aquel retrato porque se parecía a su hogar biológico, era una casita pequeña en medio del bosque entre árboles e incontables flores lilas y le gustaba imaginar que su madre se encontraba allí adentro. Un escalofrío recorrió sus brazos y se sintió helada. La brisa gélida de invierno entraba por la ventana, sus cortinas se movían de un lado a otro. Entonces escuchó unos ruidos extraños provenientes de los tejados, de la extensión de la casa del piso de abajo.
Victoria presiente que algo terrible se avecina.
- Debo cerrar la abertura - dijo y avanzó al frente caminando lentamente, pero un sonido espeluznante la detuvo, miró con pavor y sus párpados se agrandaron al ver una sombra entre los cortinados, unas grandes manos se introdujeron sosteniéndose de cada extremo de los postigos de madera, Victoria retrocedió y se recostó por la pared con ojos desorbitados, colocó sus manos sobre el rostro y con la voz apagada exclamo:
- ¡Despierta! ¡Despierta! Debo salir de aquí mi Dios.
Respira con dificultad y el terror recorría por sus venas llegando al cerebro. Entre sus dedos vio arrastrarse el cuerpo de un hombre introduciéndose al dormitorio, se puso de pie y ella lo miró desde los pies a la cabeza, era alto, fornido, su traje negro llegaba hasta el suelo y no llevaba calzados, sus ojos brillaban como los de un lobo en la oscuridad, su respiración era profunda y observaba de forma inquietante a la niña. Después de unos minutos da unos pasos hacia ella quedando justo frente a su cama. Victoria comienza a llorar sentándose en un rincón del suelo.
El hombre se inclina, levanta la frazada de la niña y la tira al suelo, la pequeña se inquietaba pero no despertaba. Entonces procede, la toma colocándola en sus brazos y se dispone a marcharse, pero lo detiene algo, se queda inmóvil unos segundos mirando hacia la puerta y de pronto emite un grito grave, terrorífico, tan potentes que hace que Victoria se cubra los oídos.

Colmado en una furia masiva suelta a la niña y ésta comienza a llorar, se sienta en la cama y sus ojos comienzan a buscar, pero antes de ser visto, el demonio desaparece. Victoria entre lágrimas y totalmente asombrada se pone de pie. Ahí descubre que en la puerta hay un hombre, la luz tras su imagen era intensa, su cabello le llegaba al hombro y tenía una mano abierta sobre el tejido de la puerta. Todo su miedo se había ido y por lo contario sentía paz, una tranquilidad incalculable, lo miró con amor, sin poder distinguir su rostro, hasta su imagen se hizo ausente.

Y de inmediato escuchó los pasos agotados de alguien subir las escaleras y entonces se llenó de emoción sabía exactamente de quien se trataba. Era aquella mujer que le había transmitido todas sus virtudes, que le tuvo paciencia en sus momentos críticos y de serenidad. Esperó con ansias verla después de tantos años, cuando entró, su corazón se aceleró, quería decirle tantas cosas, pasó a su lado desatendidamente rengueando de una pierna, se apresuró a calmar a la niña mientras Victoria la miraba con los ojos aguados.

– ¡Pero qué sucedió mi niña querida!- ¿has tenido una pesadilla otra vez? debes orar antes de dormir, fue solo un sueño, mira nada más, ¡estás temblando! La ventana está abierta con razón hace tanto frío, la cerraré.

- ¡No! No te vayas - dijo la niña y la tomó de la mano.

- Está solo a un paso, mírame mientras lo hago, listo, ahora cálmate - dijo la mujer acobijándola - ahora vuelve a dormir, yo lo haré en el sillón justo frente a ti.

Victoria recuerda cada palabra que la mujer dijo. Escuchaba su chillido de pecho, respiraba con dificultad, pero aun así, había venido a ella, no era su madre biológica y nunca había tenido hijos pero esa mujer llamada Gabriela tenía todas las cualidades para serlo, su amor y su compasión se ganaron su corazón.

Sabía que no podía verla ni escucharla, pero aun así, Victoria le acarició el brazo y le dijo - Te quiero.

En ese momento despierta, ya había amanecido, siente un poco de calambre en el cuello, se pone de pie y aún le quedaba la emoción en su pecho, adormilada dio por terminada su estadía en la azotea.

Horas después, Helen se encontraba en la biblioteca, escribía apresurada sobre una hoja blanca.

- Extraño tanto el internet, oigan ¿saben si tenemos algún mapa aquí?
- No hay - dijo Leo – ¿Qué necesitas?

- Quiero visualizar la ruta por la que debemos ir al hospital.
- Hey Simón ¿Tú sabes cómo llegar al Barrio Obrero?
-Si lo sé, debemos de llegar a Fulgencio Yegros y de allí subimos unas quizás veinte cuadras, es el camino más corto.
- Podrás guiarnos entonces - dijo Helen
- Sí, ¡Claro!
-Y ¿no crees que será más rápido ir en vehículo? Puedo manipular alguno a ver si arranca, así volveríamos antes.
- Ya hablamos de eso, sería riesgoso por el ruido, no podemos subestimar el poder del demonio, hasta ahora nos ha ido bien a patas ¿no? Saldremos al amanecer, más tarde les confirmaré el día de nuestro viaje ¿Han visto a Victoria?, ¿ya ha despertado?
- Está en la cocina - dijo Leo.
- La buscaré entonces – alegó Helen.
- ¡Victoria!
- ¿Que sucede?, ¡me haz asustado!
- ¡Tú me asustas a mí!, explícame; ¿Qué demonios hacías anoche en la azotea sin máscara?, aspirando el aire contaminado, ¡dímelo!
Victoria mira las manos de Helen, es evidente que está alterada y molesta.
- Entonces ya te fueron con el chisme - dijo
-Pero, ¿Qué es lo que sucede contigo?, ¿No ves el riesgo que has tomado? si te contagias de alguna enfermedad nos echaras la peste a todos, hay aquí una mujer embarazada, ¿has pensado en eso?
- No me contagiaré, no pasará nada.
- ¿Qué?
-¡Estoy harta de estar encerrada aquí! hace más de un año que no salgo ni un paso, no puedo acercarme a la ventana y cuando salgo en la noche a la azotea; ¿sabes que veo? ¡Pues nada! solo la noche oscura, quiero poder contemplar la luz del día, sentir el calor de sol, siento como si estuviera en una prisión. Déjame salir a recolectar con ustedes.
Helen inhala profundo y exhala, luego reprime la ira - ¿y qué crees que veras allá afuera? – dijo.
- No lo sé, no importa, sólo quiero salir al exterior, recorrer, sentir que estoy viva.

- Allí no hay nada digno de contemplar Victoria, solo peligro, muerte, destrucción, aquí estás segura, yo te necesito aquí cuidando de Susana. Cada uno aquí tiene tareas que la hemos distribuido muy bien, porque nos ha ido bien. Si no puedes cumplir las reglas, no puedes seguir aquí, imagina el pánico que habrá si los demás se enteran que estuviste afuera sin protección.
- Haz lo que debas hacer entonces - declaró Victoria y se alejó.
Leo la vio pasar por el pasillo, caminaba de prisa, entonces la siguió. Victoria estaba sentada en el suelo de la cocina junto a los utensilios de aseo.
- ¡Hey! ¿Qué haces? ¿Estás bien?
- Aquí depositándome entre las escobas y cosas que ya no sirven - respondió Victoria tratando de ser graciosa.
- No decaigas, te hará mal, Sé que has discutido con Helen, pero levanta ese ánimo, piensa que ella solo quiere lo mejor para nosotros, no es mala, a veces es intensa, pero si no fuera por ella ninguno de nosotros estaría aquí.
- Lo sé, pero no me agrada estar encerrada, no me ayuda con algunos problemas que tengo, siento que estoy enloqueciendo.
- ¿Y si pudieras salir, a donde te gustaría ir?
- A cualquier lugar, te lo aseguro.
- Encontraré el momento y trataré de convencerla de que nos acompañes a la recolección, mientras quiero que sepas que yo haría cualquier cosa para verte feliz.
- Gracias, sabes adonde me encantaría ir, pero es imposible supongo.
- ¿Dónde?
- Al parque Carlos Antonio López, solía ir con mi hijo a los juegos o a caminar, me encantaban sus curvas arboladas me recordaban al Chaco – dijo Victoria.
Leo se acomoda en el suelo a su lado dispuesto a acompañarla en su melancolía - cuéntame tus mejores recuerdos de ese lugar, verás cómo te sentirás mejor.
- Está bien, recuerdo palmeras, cientos de ellas, campo de flores lilas, y los ancochis.
- ¿Qué es eso?
- Es un árbol chato, por estaciones se llenaba de gusanos verdes, idénticos a las propias hojas y jugábamos a ser cirujanos con ellos o simplemente lo colocábamos en la mano y lo veíamos desplazarse ¿Qué asco verdad?

Leo solo ríe.

- Sufríamos escases de agua así que; cuando ésta venia, los niños hacíamos una fiesta, corríamos bajo la lluvia gritando y riendo, nos desplazábamos por el barro en alguna altura cubriéndonos de lodo por completo, teníamos un perro que se llamaba Papel, porque era blanco como tal y era en los juegos, un niño más. Recuerdo también a un burro, era preciado para nosotros porque era nuestro vehículo con patas y sentimientos, él era celoso, si pretendíamos usar un caballo, el siendo enano frente a ellos iba y los mordía hasta que se alejaban de nosotros, siempre estaba en frente a la casa como un perro fiel, le temía a los animales muertos o bultos extraños, como a veces, que lo usábamos para ir a estudiar donde había una distancia considerable. Un día, en camino con mi hermano, vimos a un zorrino muerto entre los arbustos, no queríamos ir la escuela, así que ideamos un plan: colocamos al animal en el medio del camino y nos regresamos a la casa, cuando llegamos mi madre nos interrogó intrigada.

- ¿Pero qué paso? ¿Por qué regresaron de nuevo?

- Es que íbamos tranquilos viajando, y de pronto el burro tonto éste no quiso seguir avanzando porque, ¿Puedes creer que había justo en el medio del camino un zorrino muerto? Con lo miedoso que es, no hubo forma de cruzar, no podremos ir a la escuela mamá.

- Ya veo - dijo ella con una sonrisa y entonces nos quedamos.

- Que pillos, y ¿cómo se llamaba ese lugar y la escuela donde iban? – indagó Leo.

- Boquerón, pero donde yo vivía era para el fondo, le llamaban al lugar Margariño, estaba después de cruzar el río Pilcomayo y donde estudiábamos estaba después de cruzar la frontera argentina. Rio Muerto; ese era el nombre de la escuela, era interna, debíamos entrar domingo de tarde o lunes de mañana y regresábamos a la casa viernes de tardecita o sábado temprano, éramos cientos o quizás mil niños, sufrí cuando tuve que separarme de mi hermano, a él lo llevaron a otro pabellón como a una cuadra de distancia de donde yo estaba, yo me quede junto a la agrupación de niñas y él con la de los varones. Dormíamos en habitaciones clasificadas según la edad, teníamos reglas y horario para las mayoría de las cosas, el baño, la comida y el agua, para beber ésta formábamos una fila casi interminable con un vasito personal en la mano, un voluntario quitaba el agua del pozo, otro cargaba y nos la entregaba, esto repetíamos tres veces al día después de

comer. Y el comedor era un salón enorme con cientos de voces de niños sonando al par.
- Me lo estoy imaginando - dijo Leo
- El Chaco es un lugar hermoso sabes, pero a la vez peligroso, unas veces casi morí de sed viniendo de la escuela a pie. Y recordando ciertos eventos de allí, creo que Dios me protegía desde entonces aunque yo no supiera nada de él. Un día, cuando ya no estaba con mi madre, salí con mi prima a buscar frutos del bosque, más bien, creo que su padre ese día nos había echado, a veces ese señor amanecía de mal genio y parecía que nos odiaba, no quería vernos durante un buen rato, entonces aprovechábamos ese tiempo para ir a los montes a juntar frutas o atrapar un armadillo, encontrar huevos de Charatas , algo que pudiéramos comer, como la planta de la doca y le sugerí a ella que me subiría a un árbol e iba mirar desde ahí, a ver si desde la altura descubría alguna, estaba a lo alto de un quebracho y la rama que sostenía mis pies se quebró, me desplomé como un pájaro herido, cayendo de espalda al suelo duro, en el impacto sentí una punzada en el corazón, como quemadura u objetos de punta clavándome, durante el dolor escuchaba a la niña que era un poco mayor que yo, ella me pedía que me levantara, oía su llanto pero no conseguía hablar ni mover un musculo, no alcanzaba a respirar, yo sentí que mis pulmones técnicamente ya no funcionaban y todo en mi cuerpo se detuvo.
-Tenía los ojos puestos en el cielo, era completamente azul, deje de escuchar a la niña y el dolor se evaporaba, me quede fijamente contemplando lo que veía y de pronto parecía que me elevaba, me desprendía de mi propio cuerpo, pero luego, a la par que yo ascendía, vi el reflejo de un adulto acercarse, se asomó a mí, me miró y luego se arrodilló, puso sus dos manos sobre mi pecho, presionó y eso hizo que de una forma impactante volviera a respirar casi en forma de grito, me senté provocándole un susto a mi acompañante. Ella me aseguró que yo estuve muerta y se sentó a mi lado a pensar que le diría a sus padres, yo confundida le pregunté si alguien había venido a ayudarme y respondió que no hubo ninguna persona.
- ¡Que impresionante! - dijo Leo mientras la miraba maravillado, le encantaba escuchar su voz, sus historias y su forma de expresarse, estaba convencido que estaba enamorado hasta los huesos de ella, y eso no estaba mal pensaba, lo que si era un problema era estar tan cerca de ella sin poder tocarla, vivir ese amor y el deseo.

- Cuando la pandemia colapsó y se veía venir lo peor, muchos de mis hermanos regresaron al chaco, creyeron que por la naturaleza del lugar, habría más posibilidades de sobrevivir.
- Y tú ¿Por qué no fuiste?
- No quise volver allí, ni ver a algunas personas por ahí.
- Entiendo, yo no conocí ningún lugar del Chaco, pero tenía un amigo: Carlos, que tenía una novia, para no decirlo de otra forma, en Filadelfia, la visitaba algunos fines de semana, hablaba tan maravillado de esa ciudad que me vi tentado a conocerla alguna vez, pero no se dio.
- Pues es verdad, hay lugares muy lindos por ahí. Me has escuchado y ahora me siento mejor, vayamos con los demás.
 Cada uno buscó alguna actividad para entretenerse y pasar el tiempo.
- ¿Qué lees ahora Victoria? dijo Ana.
- "El diario de Ana Frank", mi hermana me había regalado uno igual a este pero no tuve tiempo de leerlo, siéntate aquí si quieres.
- No sabía que tenías una hermana - dijo Ana.
- Si tengo hermanas y también varios hermanos.
- Yo nunca tuve hermanos.
- Y ¿cómo llegaste hasta aquí?
- Vivía con mi madre, en este barrio, no muy lejos de aquí, como a unas cinco cuadras, solo éramos nosotras dos. Un día hubo un temblor, todo se movía, como si se fuera a derrumbar las columnas y el techo despedían pedazos de cemento, corrimos al jardín de atrás con linternas pues ya era de noche, mi madre me dijo que me trepara la muralla y corriera a buscar un lugar a salvo, traté de convencerla que lo hiciéramos juntas, pero no quiso, me dijo que la única forma de lograrlo era separándonos. Le imploré, le lloré y ella me empujó ordenándome que me salvara a mí misma. Cuando estaba a lo alto, a punto de saltar a otra vivienda, mi casa se vino abajo, la polvareda llegó a mí nublándome la vista.
- Cuándo logré salir a la calle, corrí como nunca en mi vida, me caí y me volví a levantar cuando estaba ya cerca de aquí, me volteé a mirar hacia atrás y me pareció ver una manada de lobos o perros persiguiéndome, creí que moriría pero luego me pareció ver luz en la azotea, así que llegué y golpeé el portón de abajo, nadie me respondía, así que comencé a orar en vos alta, así sabrían que no era un engaño. Luego Helen me dejó entrar, me asusté al ver la máscara en su rostro, creí que era del gobierno o algo, como veía muchas películas de terror, me hice muchas ideas - dijo Ana con gracia

- Y ¿nunca volviste a donde era tu casa a buscar a tu madre?
-Si, al día siguiente por la mañana fuimos con el grupo, yo no me acerqué, me quedé al otro lado de la vereda, le pedí a Helen que viera si la encontraba ahí y ella estaba entre los escombros, decidí no verla, preferí guardarme otra imagen de ella.
- Siento lo de tu madre.
-Tranquila, aquí todos perdimos a nuestras familias. Debemos seguir adelante y ¿Cómo era tu hermana la que te regaló el libro?
-Ella era la menor, bonita y muy mimada, en realidad todos recibíamos el cariño de nuestra madre pero ella era más aferrada a mamá que nosotros, dormían abrazadas y lo hacían todo juntas, nos habíamos aprendido de memoria que debíamos cuidarla y yo me guardé ese sentimiento de protección hacia ella, pero lastimosamente nos separaron de niñas, ella creció lejos de mí. De grande la encontré y aunque éramos un tanto diferente, con el tiempo nos hicimos grandes amigas, ésa que le puedes confiar lo que sea y haría cualquier cosa por ti. Así era ella.
- Pero que envidia - dijo Ana.
- Los hermanos no siempre son lo mejor Anita dependería mucho del crecimiento y la educación diría, he conocido hermanos que se odiaban por ejemplo, y ¿tu padre?
- Mi padre falleció de un paro cardiaco, yo siempre les decía a los dos, cuando él vivía, que si no podían tener un bebé, que adoptaran, pero solo se reían.
-Yo soy tu hermana de parte de Dios sabes, ya tienes una - dijo Victoria y le sonrió - ahora debo prepararme para subir arriba. De pronto vio a Helen sentada en el comedor.
- ¿Qué haces?
- Nada, acabo de cenar. Es increíble lo que Leo puede hacer en la cocina con tan pocos ingredientes.
-Seguro ¿y qué harán mañana?
- Iremos al hospital ¡No me veas con esos ojos de gato! Hablaremos tú y yo después ¿Puedo contar contigo aquí?
- Si Puedes
-¿Victoria, que tienes en los brazos? - dijo Helen
- ¿Dónde?
- En la zona de las muñecas ¿Qué te ha pasado?
-Ha, no es nada, a veces tengo pesadillas y me lastimo yo misma para despertar, lo hago sin darme cuenta, no importa.

-Ya veo –dijo Helen intrigada.

Capítulo Cuatro
El Vínculo

Era una noche de diciembre, se acercaba la navidad, solo quedaba el eco del silencio, el vacío y los recuerdos de cuando las calles se adornaban con luces y los supermercados se llenaban de artefactos coloridos. La fragancia de la flor de coco y el deseo de los niños, las canciones navideñas y las reuniones familiares. Todo aquello se había ido.
En la azotea, los ojos de Victoria se tornaban de negro, tenía una lámpara de mano, pero su luz parecía ser minúscula, tal como si nunca antes la noche estuviera tan oscura como esa.
La soledad la cubría como una especie de manta envolviéndola por completo, bajó la lámpara en el suelo y se dispuso a olvidar.
Abajo en el comedor los chicos están reunidos.
- Esta noche está muy oscura, Leo ¿puedes ir a buscar a Victoria? Es mejor que entre.
- Si, voy - respondió él.
Leo subía las escaleras en busca de Victoria, al llegar arriba, la luz de su linterna era solo un punto en la oscuridad, no veía más que sus pies. Siguió caminando y escuchó un ruido como de trotes, solo unos segundos.
- ¿Victoria? ¿Estás aquí? – dijo, pero no tuvo respuesta.
Entonces apunta su luz al sillón donde ella suele sentarse y no estaba. Después alumbró al suelo, pero su linterna comenzaba a parpadear. Enredado entre nervios, le sudan las manos y en un destello aterrador, vio las piernas descubiertas de Victoria.
- ¡Victoria! ¿Qué te paso te encuentras bien? Santo cielo -dijo acelerando sus pasos.
Cuando estaba cerca, una sombra negra pasó justo frente a él, provocándole una gran caída al suelo y tirando la linterna para un lado, con el impacto ésta volvió a alumbrar bien, su luz apuntaba justo a Victoria.

Leo sabía que estaba en problemas, se levantó lentamente, tomó su linterna y de costado vio al demonio en su rostro animal, sus cuernos eran grandes y torcidos, su respiración parecía la de un toro salvaje. Pensó en estirar la cuerda de alarma, la campana que estaba justo donde dormían, Helen vendría de inmediato, pero era absurdo porque el diablo ya estaba ahí, la condenaría a la muerte, prefirió avanzar, hacerse del tonto, que ni lo había visto y así llegó a Victoria.

La miró detenidamente, sus ojos estaban abiertos, como perdidos en el espacio, su rostro descubierto, tenía los brazos abiertos alrededor de su cabeza, acercó lentamente su mano para tocarla con un nudo en la garganta, pero lo detuvo un sonido impactante que antes jamás había oído, era como el grito de varios animales juntos, incluso personas, se recostó sobre el pecho de Victoria tratando de protegerla y sintió su mano acariciar su cabeza, la miró rápidamente y ella le sonrió.

- Pero ¿Qué haces aquí?

El corazón de Leo estaba muy acelerado, apenas logró hablar.

- Helen te sugiere que bajes -le dijo al oído - el tiempo esta feo, por favor ¿Podemos entrar?
- Está bien.

Leo la ayuda a ponerse de pie. A cada segundo se imaginaba ser atacado por el demonio.

Alumbró solo al paso de sus pies, no se dio vuelta a mirar. Cuando llegaron a la puerta, entraron, Leo le puso la tranca y reposó su espalda por ella un instante cobrando el aire. Victoria lo toma de la mano y él la mira con mucha intriga.

- Toma, ponte la mascarilla - le dijo y bajaron.

Cuando entraron donde estaban los demás, a Leo le volvieron los nervios.

- ¡Al fin llegan los señores! – Expresó Helen - me pareció oír un ruido extraño, ¿Lo han escuchado?
- Yo no escuché nada - dijo Leo y se acostó en el suelo en su colchoneta, se dio la vuelta para que nadie le viera la cara y avergonzado se llenó de angustia y dudas – ¿Por qué el demonio vigilaba o contemplaba a Victoria? - ¿Cómo había llegado hasta ahí? – No entiendo nada y la protejo; por ella he mentido más de una vez, estoy metido hasta el cuello y lo peor Señor es que ni quiero enfrentarla, temo a lo que me vaya a responder.

Leo estaba desconcertado y sentía escalofríos al recordar aquella monstruosa presencia. Cansado de no lograr el sueño, se levantó nuevamente, miró a cada uno, todos dormían pero Victoria no estaba en su cama. Se apresuró en buscarla camino hacia la salida y ahí la vio. Estaba en el suelo recostada por la puerta, con los ojos cansados.
- ¿Qué haces despierta? Creí que Darío debía hacer guardia.
- Tomé su turno, no podía dormir.
- Y ¿tú que haces en vela? debes salir a primera hora.
- Estaré bien, tampoco podía descansar - dijo Leo y se sentó a su lado - ¿Podemos hablar?
- Si claro - dijo ella.
- ¿Qué te ocurría allá arriba? estabas como desmayada.
- Ha no es nada importante, yo a veces me traslado mentalmente a otro lugar, lo aprendí cuando era niña, hace mucho tiempo que no lo hacía. Puedo ir a donde sea y hacer cualquier cosa, en fin es solo imaginación ¿Crees que estoy loca?
- Jamás lo creería, yo me preocupe mucho por ti cuando te vi en el suelo, creí que...
- ¿Qué estaba muerta?
- Sí Victoria, eso pensé.
- Y en todo caso, si muriera, solo sería una más en el montón, a nadie le importaría - dijo con la voz entrecortada.
- No digas eso, a mí sí me importaría.
- ¿Por qué te importaría?
En ese momento Victoria comenzó a llorar, sus ojos se llenaban de lágrimas mientras depositaba su cabeza en el hombro de Leo.
- Eres importante para mí, ¿no lo ves? Yo te...
- ¿Qué ocurre chicos? - interrumpió Helen - ¿Por qué lloras Victoria?
- Estoy bien, no te preocupes, aún no terminó de amanecer ¿Por qué te has levantado?
- Tal vez la ansiedad por el viaje o ustedes hablando aquí.
-Lo siento, vayan a descansar un poquito más, yo iré en seguida.
Leo se levantó del suelo y se acostó insatisfecho por aquella conversación con Victoria, ya que estuvo a un paso de revelar sus sentimientos.
- ¡Que ganas de curar sus heridas! de devolverle la sonrisa, amarla plenamente pensaba Leo. Y entre tantas palabras en su cabeza, se quedó dormido al fin.

Se sintió impotente, sin saber qué hacer, quería ayudarla, pero ¿Cómo hacerlo?, ¿Qué hacer?
De pronto, se encontró en la casa de su infancia, donde vivía con su padre. Observó el lugar y todo estaba igual a como lo recordaba, caminó en dirección al dormitorio de su padre.
Cuando entró, el viejito estaba acostado en su cama, se veía pálido, como si estuviese enfermo. Leo comprendía que era un sueño, pero aun así se acercó a hablarle.
- ¡Hola papá, he vuelto! Pero no hay respuesta.
Siente algo helado en los pies, entonces se asoma a ver el suelo, extrañamente corría agua desde bajo del somier del señor, llegando a los talones de Leo. Su frente se frunce y no entiende de donde proviene aquel líquido con tanto volumen, eleva la mirada de vuelta a su padre, pero ya no está acostado sino sentado con los pies en el agua. Los párpados de Leo se extienden, nota que los ojos de su padre se ven completamente negros y brillantes como los de la bestia que había visto en la azotea. Se veía como hipnotizado, levantó su brazo bruscamente y lo atrapó, sus manos estaban frías y con una voz grave le dijo:
-Tu madre se fue por tu culpa, por tu culpa….
Leo hizo una extrema fuerza para salir de él y de pronto escucha la voz de Helen.
- ¡Arriba, es hora de irnos!
Entonces se levanta asustado, atontado y exhausto – ¡Vaya! Sólo fue un sueño - dijo y comenzó a alistarse.
Cuando cruza la sala, ve a Victoria dormida en el suelo, aún estaba ahí recostada por la madera de la puerta de la salida. Caminó hasta ella y la cargó con cuidado llevándola hasta su cama. La cubre con la sábana y la mira detenidamente. Tal vez no la volvería a ver a nunca más. Ojala le hubiera dicho lo que sentía por ella; dormía profundamente, la admiró y acarició su rostro. Una vez más se sintió impotente. Cerró sus ojos y guardó su imagen, besó su frente y se marchó.
En la cocina de abajo se encuentran Helen, Simón y Rubén. Cuando Leo llega, Helen los animaba para la misión.
- Nos irá bien muchachos, antes de que se den cuenta, estaremos de vuelta, no nos separaremos en ningún momento pase lo que pase.
Terminado esto salieron cautelosos.
Avanzaron en una fila a lo largo de la calle Yegros. El silencio reinaba en la calle, solo se escuchaba cada tanto el sonido de los cuervos merodeando a lo alto de las casas y columnas.

Mientras caminaba, Leo pensaba en Victoria, ignorando el paisaje. Después de caminar durante un buen rato, Helen, que iba adelante, se detiene, alza una mano en señal de que todos se detengan y dice en voz baja:
- Nadie se mueve, creo que alguien nos sigue.
Todos en distintas direcciones, de pronto: llega una ola de aire caliente que levanta polvo y hojas secas a su paso y a lo lejos pueden ver un perro alto y negro.
Helen lo miró fijamente, luego juntó el aire y exclamó:
-¡Corran! ¡Rápido! no se detengan.
Rubén corre con todas sus fuerzas, al cabo de unas cuadras, siente un dolor insoportable en las piernas y en el abdomen, pero se obliga a seguir, para engañar a su cuerpo imagina que al final del camino esta Susana esperándolo.
Helen mira hacia atrás y ya no ve al animal. Del cansancio apenas logra hablar.
-Chicos, deténganse, lo hemos perdido.
Todos estaban realmente exhaustos, pero continúan el viaje lentamente. Su destino parecía inalcanzable, pero después de una hora más o menos, finalmente han llegado. Se encuentran frente mismo a la entrada donde solía ser Urgencias. El techo de la entrada se había desmoronado, había una montaña de tejas rotas, aserrín y escombros. Y sobre los tejados que quedaban había cientos de cuervos ruidosos.
- ¿Y ahora? - dijo Helen mientras miraba alrededor.
En frente mismo había una farmacia con la puerta abierta.
- Podemos dar la vuelta y ver la otra entrada.
-¡Espera!, creo que si trepamos eso, podremos entrar por ahí.
- Bien, lo intentaré yo primero.
Simón sube sobre los escombros con ayuda de sus manos.
- Oigan, podemos entrar por aquí amigos, desde aquí puedo ver el interior.
Entonces entran de a uno.
- ¡Listo!, ya estamos aquí ¡manos a la obra! Simón ¿Sabes cómo llegar a maternidad?
- Si, conozco el lugar, estuve aquí hace años. Debemos seguir el pasillo por la izquierda, luego seguiremos por la derecha hasta llegar al centro, iré adelante- dijo.
-Bien, sigamos entonces.

Simón observaba el lugar mientras caminaba, están en donde antes era área de espera, en el techo hay grandes agujeros por donde entraba la luz, las paredes están cubiertas de moho y se percibe un olor desagradable. Van cruzando una curva cuando Simón se detiene, Helen lo alcanza y comprende la situación.
- Escuchen, hay cadáveres en el suelo, iré adelante, caminen en una línea detrás de mí, recuerden, son sólo personas que ya no están, ¡vamos andando!
Mientras Simón caminaba, tenía los ojos puestos en la espalda de Helen y se repetía en silencio: No veré a esas cosas, no lo haré.
Pero un ruido cercano atrajo su atención, miró a sus costados y se detuvo. El ruido provenía de un cadáver cubierto con una sábana. La respiración de Leo comienza a disminuir, se quedó quieto mirando el bulto muerto en el suelo, sus manos salen al exterior mostrando sus huesos.
Algo se movía en su interior, entró en pánico y no pudo seguir avanzando. Como detenía la fila, Leo le toca la espalda.
- Vamos amigo, ¡camina!
- No puedo mover las piernas.
Leo miraba con atención el cuerpo - ¡Mira su estómago!, algo se mueve.
- Debe ser una rata o algún animal, no lo veas y avanza.
- No me siento muy bien, creo que voy a vomitar.
-¡No! ¡No puedes quitarte la máscara! ¡Mírame! ¡Puedes hacerlo viejo!
Simón trata de escuchar a Leo, pero le sudan la frente y las manos, se siente mareado, se vuelve para un costado y se recuesta por la pared, deslizándose hasta quedar sentado en el suelo.
En eso Helen nota que no la están siguiendo y regresa.
- ¡Pero qué demonios! ¿Qué sucede? ¿Qué tienes Simón?
Simón responde entre llanto:
- ¡No puedo respirar!, no puedo seguir, déjenme aquí y sigan.
- ¿Estás loco? No voy a dejarte, ¡respira!
- No puedo hacer esto; ¡lo siento!

- ¡Calla, no digas eso, te asfixiaré yo misma si vuelves a decir eso, este mundo que vivimos no es para débiles, debes luchar! Haremos algo, jugaremos un juego, maginaremos que estamos en otro lugar muy diferente a este. Escucha mi voz y saldremos de aquí. Cuando yo tenía unos diez años mis padres me llevaron de paseo a la ciudad Caacupé, a visitar la iglesia, en el camino llegamos a un vivero, el más grande que vi en la vida, había miles de flores, rosas, orquídeas, brunfelsias pancifloras, jazmines. Incontables especies. La fragancia que había en el aire era perfecta, a cada minuto una suave briza rozaba por las narices de los presentes, aquel aroma exquisito que te obligaba a cerrar los ojos e inhalarlo profundamente, camine de la mano de mi madre por el centro de una fila, ante mis ojos interminable, repletas de las más bellas y coloridas plantas jamás vistas.

Helen, mientras hablaba, estiró con fuerza a Simón de los brazos, ayudándolo a ponerse de pie.

- Entonces caminábamos por aquel caminero angosto, tratando de escoger a cuál de todas aquellas flores la llevaríamos a nuestra casa.

Simón hace un esfuerzo por imaginar, mientras caminaba lentamente, su mente lo derivó al jardín de su casa. Estaba parado justo allí y su esposa estaba ahí sentada en una pequeña silla de madera, arreglaba sus plantas con un tenedor de plástico, tenía un vestido floreado y un sombrero con aletas. Levantó la vista hacia él y le sonrío alegremente. En seguida las niñas salen de la casa corriendo, llegan hasta él y lo abrazan.

- ¡Papi! ¡Llegaste! - dijeron
- ¡Hemos llegado! ¿Lo ves?, quédate en la puerta si quieres.

Simón se sentía aliviado después de todo. Al entrar vieron en la sala algunas camillas volcadas, acomodadas a un costado, algunas sillas rotas y cajas tiradas al suelo.

- Busquen la sala de quirófano, allí debe haber lo que buscamos.
- ¡Por aquí! ¡La encontré! - dijo Leo y los demás se apresuraron a entrar.
- ¡Vaya! es nuestro día de suerte. Preparen las mochilas. Déjame ver que tenemos en el mueble, tenemos ventosa, fórceps, espátula de Thierry, bisturí, pinzas, tijeras, braga. Pondré todo lo que llevaremos sobre la camilla y vayan empacando de ahí.

En unos minutos Helen había tomado lo que necesitaba.

- Y ¿esta máquina también?
- Sí, la llevaremos por si acaso.
- No entrará en las bolsas Helen.

- Entonces la llevaremos en las manos - dijo ella.
Cargaron todo lo que debían llevar y se dirigían a la salida, cuando de pronto, escucharon sonidos de pisadas que venían de la entrada, se quedaron quietos un momento, pensaron donde esconderse, pero un hombre salió justo frente a ellos.
El hombre se asusta retrocediendo un paso.
Helen quita una vieja navaja del bolsillo y lo amenaza.
- ¡No te acerques, no te atrevas a dar un paso más o te lastimaré!
El hombre levantó sus dos manos encogiéndose de hombros.
- Me llamo Óscar, ¡por favor no!, yo solo buscaba un lugar para descansar, salí a buscar comida camine demasiado; quería dormir para cobrar fuerza y seguir.
- ¡Retrocede! ¡Te he dicho!
- No soy una mala persona, andaba buscando comida.
- No me importa ¡apártate del camino!
- Helen por favor, ¡baja el cuchillo! - dijo Leo alterado.
- ¡No! Ahora quítate del camino o lo haré yo misma, nos iremos y tú seguirás tu camino. ¿Haz entendido?
El hombre asiente con la cabeza y retrocede, alejándose y dejando libre el paso.
Salieron por turno quitando las cosas que cargaban y emprendieron el viaje de regreso.
- ¡Era solo un mendigo Helen!, fuiste muy dura con él, ¿viste su aspecto? Estaba muy flaco y sucio, usaba una pañoleta vieja sobre la boca.
- Y también tenía los ojos rojos, no sabemos si estaba enfermo, olvídense de él ¡Vámonos!
Caminaron cuadras y cuadras sintiendo el peso en sus espaldas, por ratos, cuando parecía que las fuerzas se desvanecían, descansaban unos segundos. Luego seguían en silencio. Aparte del cansancio, el problema era la falta de agua, no podían beber agua en sus salidas.
Helen tenía presente en su mente el eco de la voz de aquel hombre, comenzó a sentir pena por él, al parecer era un hombre de unos treinta años, sin embargo parecía solo un niño asustado. Pensaba en años atrás cuando comenzó el primer año de medicina, donde se prometió a si misma salvaguardar la vida de los pacientes.
Hacer de la salud y de la vida de los enfermos la primera de sus preocupaciones. Ayudar a quien necesitase.
Pero todo había cambiado y se volvió una mujer más fría.

El sol recalentaba sus trajes impermeables, el calor impresionaba, pero finalmente logran llegar a su destino.

Al entrar en el pasillo del primer piso se quitan sus trajes y botas. Luego se asean por turno, después de haber acomodado todo, son libres de encontrarse con los demás.

Cuando Susana ve entrar a Rubén lo abraza como de costumbre y es lo mejor para él, poder llegar y tener su afecto.

- ¡Amor! te extrañé,
- Y yo a ti preciosa.
- ¿Y cómo les fue?
- Conseguimos todo, gracias a Dios, no quisiera volver allá.
- ¡Helen! ¿Estás bien?
- Estoy bien, solo muy agotada. Anita, necesito comer para subir mi defensa.
- Si ahora voy a servirte, ¡ven!

Leo está sentado en el sofá, respira profundo al fin, al estar en casa.

- Hola, ¿Encontraron algo? – preguntó Victoria.
- Si, está todo listo
- Te ves muy cansado.
- Estaré bien después de dormir.
- ¿Y vieron a alguna persona en el hospital?
- En un comienzo no, pero después llegó un hombre.
- ¿Un hombre? ¿Y cómo estaba?
- Pues se veía mal pobrecito.
- ¿Y qué dijo?
- Que buscaba comida, solo eso.
- Voy a ver a Helen.
- No creo que quiera hablar de eso – dijo Leo, pero ella no lo escuchó.
- ¿Encontraron a un hombre en hospital?
- Aja, así es.
- ¿Y no lo ayudaron?
- Ya hablamos de esto antes, pero lo repetiré, no podemos ayudar a nadie, hay cientos de enfermedades allá afuera y no los arriesgaré a ustedes dándole mi mano a un extraño, no confío en nadie, las personas son falsas y egoístas ¿Por qué sigues creyendo en eso del prójimo? Debes pensar solo en nosotros, olvídate de los demás.
- ¿No lo comprendes?, tu estas siendo egoísta justo ahora, ese hombre podría haber sido un familiar tuyo o de cualquiera de nosotros y lo haz rechazado como a un leproso.

- Y estoy segura que aunque tuviera eso, tú le tocarías la mano porque eres una santurrona, no vives el mundo real y ya terminó la charla, porque cuando me siento molesta digo cosas que no quiero decir y no pelearé contigo ahora ¿Podrías traer tus quejas más tarde? Mejor cuéntame cómo estuvo todo por aquí.
- Bien, Susana ha comenzado a quejarse.
- ¿Tuvo alguna dolencia?
- Algunas pulsadas, más bien lo normal en esta etapa, le cuesta agacharse, le incomoda la cintura. Se le endurece la panza, se siente molesta.
-Tienes razón, es normal, ya falta poco, tal vez el niño nazca en los primeros días de enero.
- ¡Te lo imaginas, empezaremos el año con un nuevo integrante! ¿Estás nerviosa por eso?
- Es más que eso, tengo miedo, pánico, tensión, no quiero fallar, es la primera vez que estaré a cargo yo sola de un nacimiento, me había imaginado este día muy distinto.
- Estoy segura de que lo harás muy bien, todos ayudaremos en lo que necesites.
- ¿Y si el aparece? El demonio.
- No lo creo, el nacimiento es algo divino, es milagroso y hermoso, es de Dios.
- Eso espero. ¿Puedes llamar a Simón? Quiero hablar con él. Y Victoria ¡Espera!, perdóname por llamarte mojigata.
- No pasa nada, buscaré a Simón.
Victoria llega a la biblioteca y lo encuentra.
- Helen quiere hablarte, está en la cocina.
- Entonces estoy frito – respondió él con gracia.
- ¿Por qué?
- Quédate aquí, ya vuelvo.
- Simón entra a la cocina despacito.
- ¿Qué fue lo que te paso en el hospital? Explícame.
- Me dio un ataque de pánico supongo.
- La próxima, debes mentalizarte antes de salir que puedes ver allá afuera cualquier cosa y no importa lo que sea, debes poder con ello ¿Lo entiendes?

- Sí, lo que pasa es que aquello me ha impresionado, en ese lugar mis dos hijas nacieron y justo en esos pasillos yo daba vueltas caminando lleno de emociones, esperando tener noticias, pero ahora es un cementerio. Te agradezco por haberme ayudado.
- Somos un equipo, no iba a dejarte.
Entonces, ven la sombra de los pies de alguien en la puerta.
- ¡Victoria, sabemos que estás ahí!
Y ella se deja ver con una risa avergonzada.
- Eso es todo Simón, puedes irte.
- Y tú ¿no te han dicho que no se debe escuchar las conversaciones ajenas señorita?
- Lo siento ¿Por qué lo regañabas? ¿Por qué eres tan dura
- No soy dura, soy fuerte, gracias a Dios me criaron así, odiaría ser diferente a como soy, mi mamá siempre tuvo miedo de que yo fuera una mujer sumisa. Esa era una cadena que había comenzado con mi bisabuela luego mi abuela y entonces ella siempre me orientaba a tener un carácter firme. Estudie artes marciales durante años, no quería que sufriera alguna vez violencia de genero. Su madre había perdido la vida con un hombre agresivo, no le gustaba hablar de eso, yo tampoco indagaba mucho en el tema. Y mi bisabuela se quedó viuda siendo una mujer joven, tiempo después volvió a casarse, pero su marido no hizo más que traerle desgracias tanto a ella como a sus hijos, vivían la opresión de la falocracia, uno de los más grandes pensamientos erróneos que se adquiere ya en la base del núcleo familiar. Ella siempre me hablaba de eso y me daba ejemplos de algunas mujeres que habían pasado o vivían eso, diría que tengo intuición para detectar a un canalla.
- Me parece muy bien- dijo Victoria.
- Ha, tengo algo que decirte, en la próxima recolección, que será la otra semana, puedes acompañarnos.
- ¿Qué? ¿Es en serio?
- Si, puedes venir ésta vez, por aquí cerca claro.
- ¡Vaya! ¡Estoy súper emocionada!, tengo que pensar en que me pondré ¡será un día de fiesta!
- ¡Nada de eso! Usarás un traje especial, más caliente que una carpa bajo el sol y sentirás que te que te derrites.
- No será problema y si hay un color femenino, como púrpura o rosa, estaría genial.
- ¡Eres tan extraña!, ya vete, antes de que cambie de opinión.

Victoria busca a Leo para contarle la noticia, en el camino se encuentra a Simón.
- Hola ¿has visto a Leo?
- Creo que está en el piso de abajo.
- Bueno y ¿Qué haces?
- Nada, solo pienso.
- ¿Qué tienes en las manos?
- Esta es una foto de mi familia – dijo Simón y se la enseñó.
- Qué bonitas niñas, y tu esposa es hermosa, ¿era una mujer de buen corazón verdad? lo veo en sus ojos.
- Eso fue lo que me enamoró de ella, era muy compasiva y generosa, daba todo por lo demás.
-Sabes que, hoy fuiste muy valiente, juntaste valor y lo superaste, creo que ellas están contigo y deben sentirse orgullosas de ti.
Simón no puede evitar lagrimear y esconde sus ojos para que ella no lo vea.
Victoria le pasa una mano en el hombro y se va.
- Ahí estás Leo, ¡te estaba buscando!
- Ha sí ¿Que sucede?
- Solo quería contarte que en la próxima salida iré con ustedes.
- ¿En serio? Eso es genial por un lado pero, ¿sabes que es peligroso verdad?
- Lo sé, créeme, pero de todas maneras deseo ir, por favor, alégrate por mí.
- Está bien, estoy feliz por ti.
- Tal vez un día, todo esto que se desató, llegue a su fin y tengamos que empezar de cero, reconstruir lo que se ha roto.
- ¿En serio?
- Claro, ayudaría si lo pides de corazón, todos los días. Dios no se ha ido, sé qué creen que él ya no está, pero te aseguro que Él pasa por aquí, nos ve y nos escucha. Te contaré algo, un día andaba en malos pasos, pero yo creía en Dios y las personas del lugar me escucharon hablar de Él y una mujer me dijo: Si Dios en realidad existiera, te aseguro que no entrará aquí, él no está entre nosotros. Y dentro de mi locura, mi imaginación o la más pura verdad que nadie creería, yo lo vi justo en frente de mí. Pensé que Él estaba ahí esperándome a que yo saliera a la luz. Si tan solo las personas pudieran verlo y cambiar, yo creo que podemos salvarnos, creerás que estoy loca, pero creo que todo esto se desató por nuestros pecados, hace años atrás cuando yo

rezaba por las noches me temía tanto esto, y le pedía a Dios con vergüenza que no desatara su ira en nosotros, aunque todas las cosas que salían en las noticias, que hacían las personas, eran terribles, habían asesinatos, abusos, tráfico de personas, robos, asaltos, cada vez más violencia e injusticia, podría decirte cientos de crímenes solo de este país, para que veas lo mal que estaba todo.
Era impresionante como unos se aprovechaban de otros y arrebatan la vida de cualquiera, incluso de niños inocentes, dándote a pensar que no valía nada – prosiguió diciendo ella - Pero es un error, la vida de las personas debería ser sagrada pues es suya ¿con qué derecho abras de quitársela? Ni hablar del feminicidio, siempre me pareció el crimen más estúpido de la historia, Las personas no saben perder, así que buscan venganza, al final terminan muertos o en una prisión. Me imagino y quedará la pregunta ¿ha valido la pena? Pues no lo creo. Cuando el amor y el respeto se han ido, es mejor soltar y dejar ir, no retener a nadie, pues no somos propiedad de nadie de este mundo. ¿No te parece? Y ¿Por qué estás viéndome así?
- Es que me encanta escucharte Victoria y me agrada tu manera de pensar.
- El verdadero amor no debe ser egoísta ni dañino, sino todo lo contrario.
- Victoria: ¿alguna vez te has enamorado?
- La verdad nunca, cuando salía con alguien, lo estudiaba, esperando que me defraudara, porque no confiaba y justo eso pasaba. He llegado a pensar que todos los hombres son iguales, pero luego, tal vez mi mente ha madurado un poco y comprendí que estuve equivocada. Pero estoy resignada a la soledad, no importa.
- ¿Y si te abrieras tan solo una vez más? Creo que no has dado con el hombre indicado, eso es todo.
- Es que no puedo – aseguró Victoria.
- ¿Cómo debe ser tu hombre ideal?, el que has buscado y no lo has encontrado.
- Déjame pensar. Me gustaría que sea honrado, gentil, generoso, debe tener compasión por los demás, honestos, de carácter tranquilo, debe ser justo, comprensivo, leal, uno que me escuchara y que ame tal cual soy. Pero eso es casi imposible - dijo Victoria y sonrió.
- ¿Por qué piensas eso?
- Cambiemos de tema mejor ¿Sí?
- ¡Anda Victoria! ¡Dímelo!

- No lo sé, son muchas cosas, soy muy sensible, sé que las personas pelean y es normal, pero yo no tolero que un hombre me levante la voz, me duele y me altera totalmente. Tendría que tenerme paciencia y tolerancia, pues a veces, cambio repentinamente de humor, me siento enojada con el mundo entero, sobre todo con los hombres, entonces me costaría incluso verlo a él. No quiero que me diga nada, mucho menos que me cuestione o interrogue. Fue ese uno de mis grandes problemas con el único hombre con quién mantuve una relación un tiempo bajo el mismo techo, yo le decía que no me atacara, sino que se alejara, era solo un momento, pero no pudo con eso. También serviría que solo me abrazara sin decir nada o estuviera conmigo acompañándome en silencio, pero nadie aguantaría eso ¿Entiendes?
Leo tenía en la punta de la lengua la respuesta para ella, pero se aguantó pensando que lo que le había confesado ella, de ninguna manera seria un problema para él.
- Como te había dicho antes, solo no has dado con el hombre indicado, eso que dijiste se sobrelleva tranquilamente cuando hay amor, confía en mí Victoria.
- Tú me haces sentir bien sabes. He conocido a más personas que tenían el mismo problema que yo, pero no estaban solas, como mi hermana por ejemplo, aquello era un problema en su matrimonio a veces, pero lo sobrellavaban.
- No debería ser un problema como lo dije y dime ¿Cómo era ella?
- Divertida, me hacía reír, era muy cálida, a veces parecía una niña.
- ¿Cómo tú?
- ¡He, yo no me parezco a una niña! – objetó ella riendo.
- Claro que no, sigue.
- Era muy positiva siempre me decía que todo estaría bien y eso me agradaba. Con el tiempo, el distanciamiento que hubo entre nosotras en la infancia ya no tenía importancia, pues habíamos vuelto a ser unidas, sus hijos eran encantadores.
- Me los estoy imaginado – dijo Leo.
-Y tú no has tenido hermanos ¿No?
- Extrañamente mi padre nunca volvió a rehacer su vida, ni lo he visto siquiera con una mujer salir o algo, solo se dedicaba al trabajo, tal vez no superó lo de mi madre, quien sabe, jamás hablaba de ella.

- No debió ser fácil para ti sin una madre. Yo considero que tuve dos, aunque está el dicho que dice que madre hay una sola, creo que no siempre es verdad. Ambas tenían algunas virtudes idénticas ¡Que ironía no! Gabriela incluso sin haber tenido hijos, sin experiencia con niños, me cuidaba día y noche, no era una niña tranquila siempre y cuando armaba los berrinches, ella siempre me calmaba, su voz era dulce. En las noches velaba mis sueños. Recuerdo que me hacía té cuando estaba enferma, hasta dormida sentía que me empavonaba mentolina en el pecho, dormía casi siempre frente a mi cama en un sillón y el ruido de éste me encantaba, porque me daba seguridad, lo escuchaba hasta quedarme dormida. Ella creo un vínculo conmigo, se convirtió en mi madre y en mi ángel. Hay personas que pareciera que Dios te las pone en el camino, eso creo.
- Seguro la extrañas.
- Todos los días de mi vida.

Victoria comenzaba a llorar recordando a aquella mujer.
Leo no sabe con exactitud que debería decir para calmarla, así que se disculpa.
- Lo siento, no debí hablar de aquello ¡perdóname! Dios, es que no soporto verte así – dijo él y le agarró la mano – haría cualquier cosa por ti Victoria. Escucha esto, te contaré algunas de las cosas vergonzosas que me hacía mi padre. Como ya era viejo, tenía muchas mañas, no sé si lo hacía para avergonzarme o era solo su forma de ser, como trabajábamos juntos en la panadería, yo atendía a los clientes, cuando venía una chica coqueta o una señora joven, él siempre me hacía comentarios vergonzosos delante de ellas, como por ejemplo solía decir: ¡Leonardo, cuando le atiendas todo a la chica, anda a casa a extender tus calzones, aprovecha el sol que hay! O también se quejaba con los clientes de mí, ¡y en mi cara! Como si yo no estuviera ahí, decía: éste hizo esto en el colegio, ¿sus hijos también hacen eso? ¿O es solo él? y en especial las señoras, me miraban directo a mí cuando él hablaba, como diciéndome ¡pero qué vergüenza! no puede ser.

Victoria ríe y dice - Creo que es una maña de la gente mayor, también la señora que me crio hacia eso de hablar mal de mí a los demás, pero no la que te hable, sino la otra.

Rieron un rato contándose historias de su vida pasada y luego Victoria se fue a dormir.

Leo se quedó muy contento porque la había hecho reír, se veía alegre después de todo.

Helen le hacia sus controles a Susana, estaba en sus últimos tiempos de gestación.
- El bebé está inquieto hoy – dijo.
- Sí, se mueve mucho, apenas me deja dormir, espero con ansias que nazca.
- Tranquila, ya falta poquito.
- Gracias por todo, Helen.
- ¿Por qué?
- Por todo ¿Crees que no me doy cuenta lo que haces por nosotros?

- No es la gran cosa, hemos tenido suerte después de todo. Esta tarde subiremos el generador del primer paso al del medio, ahí nacerá el niño, lo vengo preparando hace meses.
- ¿Usaremos el generador?
- Es solo por precaución, es mejor tenerlo todo por si acaso.
- Ojala no sea necesario, porque el generador provoca ruidos, sería un problema, nunca lo habíamos usado antes.
-Ya pensé en eso, por eso hoy los chicos están terminando de cubrir la ventana y paredes con cartones y diarios en la habitación de abajo donde nacerá el niño, para esconder la luz y el ruido, espero que funcione porque no tenemos grandes opciones. Confía sí, todo saldrá bien.
Después de unas horas, cuando Helen se encontraba sola en la cocina, Leo llega junto a ella.
-Hola ¿puedo hablar contigo?
- Sí, claro, dime.
- Estoy un poco preocupado por Victoria.
- ¿Y por qué?
- No lo sé, no quiero alarmarte, pero a veces pienso que algo le pasa. La otra noche, cuando fui a llamarla, la encontré dormida, pero no la regañes por favor.
- Quisiera mejor golpearla.
- Escúchame, creo sufre de insomnio, por eso de pronto se queda dormida, pero muy profundamente, hasta el punto que parece estar desmayada.
- Bueno, acabo de tomar una decisión, se los diré cuando todos estén despiertos.
Leo temía a la decisión de Helen y más aun de perder la amistad de Victoria, no quería que se molestara con él, estaba inquieto y nervioso.

Eran las 6 de la tarde, Victoria se levantaba sintiendo los ojos pequeños, cuando regresa del baño, Helen tenía un comunicado.
- Amigos, pueden escucharme un momento, desde hoy cambiaremos algunas cosas. Leo mira a Victoria como si le estuviesen hablando solo a ella.
- Los turnos de vigilancia, desde hoy, lo harán dos personas a la vez a partir del segundo turno, para evitar que uno se quede dormido o que nuestro enemigo se acerque ¿Alguna pregunta?
Nadie contesto
- Bueno, eso es todo, compongan ustedes los grupos.
- Victoria, ¿puedo acompañarte en tus turnos? – preguntó Leo
- Claro que sí.

Capítulo Cinco
Puertas Cerradas

Esa noche Leo esperaba con ansias el turno de Victoria para estar a solas con ella, había transformado el miedo en ilusión por aquella chica. Ahora tenía un propósito y una ilusión

En la azotea había dos sillas ahora, Simón era el que hacia la primera vigilancia, era una excusa perfecta para encontrarse a solas con sus recuerdos, pensaba cuales serían los planes del Señor para él, puesto que comenzaba a sentirse cansado.

Por otra parte Leo sentía que tenía una oportunidad de conocer más a Victoria y acercarse a ella.

En su turno, siendo la media noche, bajo el cielo cubierto de estrellas, no hacia otra cosa más que mirarla. Victoria observaba hacia el frente, hasta donde la penumbra le dejaba ver

- ¿Ves algo?
- No, pero creo que él está ahí.
- ¿Quién?, ¿el diablo?
- Sí, asumo que de alguna manera sabe todo lo que hacemos.

Leo se quedó en silencio un momento, temiendo indagar más en el tema, pues era una gran confusión pensar que había algún relacionamiento entre ella y el demonio, por imposible que pareciera, y al mismo tiempo su duda tenía lugar, ya que ella era foránea, misteriosa y cauta. ¿Quién era en realidad?

- Hey ¿Qué piensas?
- Nada, solo tonterías, sabes, no he podido dejar de pensar en nuestra conversación de hoy, espero no te moleste hablar del tema, es que me cuesta aceptar que una mujer bella como tú, se haya cerrado ante el amor.
- Y yo no me lo puedo imaginar, siento como si me faltara algo, tengo una especie de una puerta cerrada en el pecho y no la puedo abrir, tal vez es falta de fe, yo solo confío en Dios, porque Él no me fallará, entiéndeme y no sientas pena por mí, yo estoy bien.
- Pero no todas las personas son malvadas ¿Qué hay de tus padres? ¿Te abran dado afecto y protección cuando los tenías no? Pues tal cual hay personas que sólo querrán lo mejor para ti y te amaran Victoria.
 - Déjame decirte algo, incluso mis padres me han fallado y no sabes nada mí, deja de tratar de convencerme.
- Sólo trataba de lograr que confiaras en mí, no soy como las personas que haz conocido.

- Gracias Leo, eres un buen amigo, y como te dije antes, no generalizo a las personas como malvadas, sé que hay algunas que han procurado al pie de la letra seguir por el buen camino y tomar el ejemplo de Jesús, pero es difícil dar con ellas, por eso siempre me mantenido al margen.
- Tienes miedo, ese es el problema, pero lucharé para quitarlo de ti.
- No pierdas el tiempo mejor - respondió ella.
Las palabras de Victoria cambiaron el color de la noche para Leo. Ahora pensaba en silencio, se siente algo incómodo, quisiera quitarse ese sentimiento y tener tranquilidad, pero no puede.
- ¿Y tú te has enamorado alguna vez? – preguntó Victoria.
- En esos tiempos no, creo que solo sentía respeto por aquella chica de mi pueblo. Antes de ella también salía a escondidas con una mujer mayor que yo, pero tampoco era amor.
-Ya me imagino que era – respondió ella con una sonrisa.
- Pero ahora sé a qué te referías cuando te escuche un día hablar del amor, dijiste que era como un milagro, es algo que no encuentras a la vuelta de la esquina, te invade el alma y respiras por esa persona, muriendo de ganas por acercarte a ella. Bueno, nada de eso llegué a sentir con mujeres de mi pasado.
- Entiendo, ¿y tú mamá?, ¿Cómo era la relación entre tus padres?
- Supongo que pésima, no crecí con mi madre, ella se fue cuando yo era un bebé.
- Ah, lo siento, no lo sabía.
- No te preocupes, no la conocí, siempre estuve con mi papá, y no la odie por eso. La entiendo, ella era muy joven. Mi papá dice que cuando yo nací, ella tenía unos dieciséis años y él tenía más de cuarenta, a ella le gustaba ir a las fiestas, divertirse y no quiso cambiar eso por ser madre. Cuando cumplí un mes de nacido, según mi padre, se fue a España y nunca más volvió.
- Admiro a tu padre, no habrá sido nada fácil para él.
- Y no, de niño no entendía por qué se había ido, recuerdo que en la escuela era incomodo a veces, mis compañeros si tenían a sus madres, y los veía diferente sus uniformes bien planchaditos, sus merenderos parecieran que estaban preparados con esmero, en cambio a mi padre siempre me daba dinero para comprar de la cantina y listo, nada de detalle. Nunca fue a mis reuniones del colegio por el negocio, me mandaba en transporte y me regresaba de la misma manera, en cambio

Los otros niños, felices eran recibidos a la salida por los brazos abiertos de sus madres. Me detenía a mirar porque era algo que yo no tenía y me llamaba la atención, la forma en que ellas miraban a sus hijos, tú la tienes cuando hablas de tu pequeño, es un brillo en los ojos, como de orgullo, amor y todos los sentimientos más hermosos del mundo.
- No has tenido una madre, pero quizás quien dice y algún día seas premiado desde el cielo con una mujer que te llene de un amor verdadero, te respete, te haga reír todos los días de tu vida y juntos vean crecer a sus hijos en un mundo mejor.
- Me gustaría el premio, pero ahora.
- ¡Vaya!, el tiempo ha pasado volando pues hemos hablado bastante.
El silencio se interpuso entre los dos, ahora solo quedaban minutos para que el tiempo acabara y entre la decadencia del ocaso la incertidumbre recorría la mente de Leo, Pensaba…. ¿Alguna vez tendré el valor de sincerarme omitiendo un posible e indubitable rechazo? ¿Debería confesarle a Victoria lo que sentía en realidad por ella?, ¿O quedarme callado y conformarme con su amistad?, ¿Cómo saberlo?
Leo se propuso a decidir en los próximos días. Si luchar por cambiar su manera de pensar y lograr introducirse en su corazón o alejarse de alguna manera y tratar de olvidarla.
Susana por otra parte, acostada en su cama de madera, ya no encuentra lado, por lo que Rubén había puesto unos almohadones en el suelo y desde allí la escuchaba inquietarse agotada. Pensaba que todo era su culpa, si tan solo hubiera sido más precavido, no pretendía ofender al Señor ni al pequeño, pero el hecho que se acercaba el nacimiento lo tenía perplejo.
Oraba todas las noches por un milagro, que el Señor de arriba se hiciera cargo de poner las cosas en su lugar, porque por más que pensaba, no podía imaginar una vida normal en esa era de miedo y de oscuridad con ese niño.
De día, la futura madre preparaba algunas prendas del bebe. Victoria la observa con alegría en los ojos.
- Me encantan las ropitas del bebe, ¿Qué crees que sea? ¿Un niño o una niña?
- No tengo idea, solo quiero que nazca ya, me siento cansada, estoy tan gorda, pesada. Me duelen los pies, la columna y el bajo vientre, en fin todo.
- Estas hermosa, es normal que ya estés incomoda, pero paciencia, ya falta poco.

- Estoy asustada, no sé si estoy lista para ser madre.
- Oye, creo que pocas mujeres estábamos listas, pero luego todo se acomoda, aprendes y te acostumbras. Yo pensé lo mismo cuando nació mi hijo, lo amaba desde que supe que estaba en mi vientre, pero al nacer, al tenerlo en mis brazos me dije: ¡esto es demasiado!, me acobarde y sentí miedo de fallar, mi vida era muy desordenada, tenía muchos problemas y pensé que no iba a poder con eso. Era un angelito tan hermoso, que él sea parte de mi mundo me asustaba. Y justo en esos días había fallecido la señora que me había criado.
- Ella fue una madre para ti seguro.
- Sí, lo fue, en ese momento quise ir con ella, pero no podía dejar a mí bebé, me quedé con él jurando que lo protegería cada día de mi vida. Y tú verás a tu pequeño de la misma forma.

Ese día era víspera de navidad, pero para la situación que vivían, era una noche como cualquier otra, no había banquete, ni obsequios, ni reuniones con los seres queridos, pero si era una noche para orar, para implorar a Dios clemencia, esta vez ya todos vieron que necesitaban al Señor, tanto como se necesita del aire para respirar, se habían dado cuenta lo tontos que habían sido. Dios les había dado todo, pero no lo aprovecharon, y pensar que no es imposible hacer lo correcto, simplemente debían pensar en el Señor antes de mal obrar. Si le haces daño a tu prójimo doblemente le harás al Señor su padre y su ira caerá sobre ti, esta vez habían sido tantos los que lo habían defraudado, que se había llevado todo lo que él quería probablemente, a todos los niños y ancianos del mundo entero, sin embargo en el refugio de Azara, brotaba un rayito de luz, como en un suelo negro después de un incendio brota una hojita verde.

De cierta manera para Helen era un reto proteger a aquel niño y sentía que desde el cielo le habían otorgado tal misión.

Helen había conocido a Susana en una fiesta de la universidad, donde Susana se encontraba en compañía de un compañero de curso quien la presentó, automáticamente le agradó esa chica, su alegría era contagiante, desde allí comenzó una amistad entre ellas. A menudo Helen la visitaba en su departamento de Azara, donde se encontraban actualmente. En esos tiempos, en el piso del medio vivía Darío, quien jamás habló de su vida, pero si demostró ante todos ser un hombre

confiable, el primer piso estaba habitado por la hermana de la esposa de Simón. Una mañana, Simón llegó al departamento desesperado, con el alma perdida, venía a dar la noticia de que había perdido a su familia, pero no la encontró, se había ido. Sin embargo, había encontrado a Helen y decidió quedarse. Pero las cosas se pusieron mal en ese tiempo. Un monstruo gigante y maligno se encontraba a unas casas de ahí sobre la avenida, pareciera hibernar, pasaba días acostado, entonces no podían salir ni hacer ruidos, estaban acorralados entre 4 paredes. El miedo no solo era el problema, también el hambre, hasta que Helen se armó de coraje y les dijo a todos en vos baja:
- ¡Escuchen todos!, es mejor juntarnos todos en un solo piso y recomiendo el de Susana, es decir el último. Abajo hay perros o lobos que tal vez nos huelan, propongo compartir la comida en raciones minúsculas que nos permitan vivir y cuidarnos unos a otros.
Las palabras de Helen, que parecía tan segura, animaron a los demás y la vieron desde entonces como una líder. Unos días después, se habían quedado sin nada, solo tenían agua, entonces sin más elección, Helen decidió que debían salir igual, pese a la presencia tan cercana del monstruo. Rubén, Simón y Helen se encaminaban en busca de comida, rodeaban los escombros, las hojas secas, hules y todo aquello que se encontraba en el suelo. Caminaban de puntas sin hacer sonido alguno. La bestia parecía dormir profundamente con ojos desentendidos. Helen lo miraba de entre ojos, había comprendido que era un extraño animal, parecía un ave a cierta vista, pero su plumaje no eran las de una común, eran de un material jamás visto, notó que tenían la forma exacta de pétalos, estaban alrededor, en el suelo, al parecer las perdía, y pensó que al volver, recogería una y la llevaría consigo.
Lentamente se alejaron del lugar, cuando sintieron que ya no los escucharía, empezaron a entrar en las viviendas y departamentos en busca de alimentos. Después de un rato de no encontrar nada, decidieron entrar a una casa lujosa, de rejas altas y muros rústicos, al entrar al jardín se acercaron lentamente a la puerta principal, forzaron la cerradura con temor de ser recibidos con tiros o algún tipo de ataque, pero en el silencio descubrirían que no había nadie.

Estando adentro se dispersaron en el lugar tomando lo que fuese de utilidad, linternas, velas, etc. hasta finalmente dar con la alacena donde sus ojos se colmaron de gozo.

Fue al salir de ahí donde conocieron a Leo, estaba solo, todos se asustaron al verlo, pero é habló con rapidez, les dijo que buscaba alimentos mientras quitaba lentamente su billetera y les enseñó su documento de identidad.
- ¿Lo ven? soy solo un hombre que busca lo mismo que ustedes, soy de los buenos – decía.
Helen le pregunta si está enfermo y él le responde con toda tranquilidad que está sano.
Ella piensa que una mano más no les vendría mal. Darío y Rubén no confiaban para nada en él, puesto que era un extraño, pero si lo hacían enteramente en Helen, puesto que era una mujer tan inteligente, que poco a poco dejaron toda decisión a su merced y de esa manera de sintieron seguros.
Luego conocieron a Ana, una jovencita que vivía con su madre cerca del departamento.
Tiempo después, el monstruo dejó de usar esa calle como guarida o tal vez solo cambio de forma, pero visiblemente ya no estaba. Entonces los recolectores de alimentos salían con un poco más de tranquilidad. Helen guardaba en la biblioteca, bajo un mueble, la capa en forma de pétalo del diablo, tenía el tamaño de una pantalla, se pasaba horas observando y sosteniendo aquella cosa extraña en sus manos.
Un día salieron a buscar provistas como de costumbre, cuando regresaban con sus mochilas cargadas, apretadas al hombro, Leo se detiene justo frente a la iglesia.
- ¡Esperen un momento! ¡Helen! ¡Mira! Creo que hay una mujer tirada en el suelo por allá.
- ¿Adónde?
- Por allá, en la entrada de la iglesia. Todos se juntan curiosos para ver, se observan partes del cuerpo de una mujer, hay un árbol caído a su lado, sus ramas y hojas la cubren en gran parte.
- ¡Vámonos! Olvídenlo, puede ser una trampa.
- ¿Y si está viva?
- No es nuestro problema, no sabemos si está enferma ¡vámonos!
- No te parece extraño que este ahí. Me acercaré a ver si está viva.
- ¡Leo! ¿Te has vuelto loco? ¡Vuelve aquí! - le dice Helen en vos baja y con mando, pero Leo sigue avanzando sus pasos hacia la chica.
- ¿Acaso eres sacerdote?
- Solo dame un minuto ¿quieres?

En realidad Leo temía todas aquellas suposiciones de Helen, pero sentía una enorme curiosidad de saber sobre esa chica. Al llegar junto a ella, la mira fijamente, unos mechones de su cabello le cubren el rostro, Leo se pone de rodillas frente a ella, le quita unas ramas de encima y lleva sus manos con miedo a su cara, quita cuidadosamente su cabello a un lado y descubre su rostro pálido. Observa cada detalle de ella, sus pestañas negras y largas, sus labios carnosos, no tenía mascarillas, ningún protector en el rostro, entonces mira preocupado a Helen y vuelve a mirar a la mujer que respiraba normalmente. Recuerda que en su bolsillo siempre lleva unas mascarillas extras y mientras las quita disimuladamente escucha a Helen.
- ¿Y?..
- Está viva, y no parece estar enferma.
En eso la chica despierta y se asusta.
- ¡No temas! Tranquila, solo quiero ayudarte.
- ¿Quién eres? dijo la chica mareada y débil.
- Me llamo Leonardo, tengo un grupo, están por allá, te mostraré, pero por favor, ponte esta máscara antes que vean que no traes una.
Ella lo mira extrañada, pero obedece.
- Te ayudaré a ponerte de pie – alegó Leo quitando las hojas de sus pies, pero percibió que ella le temía por la forma en que lo miraba y colocaba sus manos en su pecho -No te haremos daño, mis amigos están en la vereda, tenemos un refugio sobre Azara, somos 6 personas: tres hombres y 3 mujeres, no somos malos, salimos a buscar alimentos, ¿cómo te llamas?
- Soy Victoria - responde y trata de levantarse, pero está muy mareada. Leo decide acercarse de vuelta a ella.
- Déjame ayudarte a caminar, por favor, confía en mí. Chicos, ella está bien, se llama Victoria, ¿podemos llevarla?
Mientras preguntaba, mira a Helen con ojos de súplica.
- ¿Por qué la trajiste? No sabemos nada de ella.
- Helen, por favor ¿podemos ayudarla?
- ¿Estás bien?, ¿Segura que no estás enferma? - le pregunta Helen.
- No estoy enferma, solo estoy mareada, tal vez anémica.
Helen la mira con desagrado y desconfianza.
- ¿Crees que podrás caminar? nos faltan unas doce cuadras más o menos para llegar.
- Si podré, gracias por ayudarme.
Victoria observa a cada uno y le lagrimean los ojos.

Helen caminaba al frente con Rubén, cada tanto volteaba a mirar a Leo con la chica, de pronto ve que Simón la ayuda también a caminar.
- ¿Estás bien?
- Si, solo preocupada, no sabemos nada de esa chica, esta será la última persona a la que le tenderemos la mano, es un riesgo total hacerlo, no somos una comunidad de beneficencia, sino apenas unos cuantos sobrevivientes que vivimos a lo justo.
- Calma, a veces las cosas pasan para bien, eso decía mi madre, tal vez esta chica no sea mala, sino todo lo contrario y nos venga bien.
- Bueno, que así sea.
En esos tiempos Helen no simpatizaba nada con la recién llegada, pero con el tiempo, con su ternura y lealtad, Victoria conquistó a los presentes. Al transcurrir el tiempo, cada uno supo darse espacio emocional ya que todos habían perdido algo o a alguien, sin embargo Helen siempre se mostró fuerte, su liderazgo la llevó a tomar las decisiones en el grupo y a decir verdad, hasta entonces les iba bien.
A estas alturas Susana ya estaba en sus últimos tiempos de gestación, se levantaba con cuidado, colocando una mano en la cintura, Darío que estaba sentado cerca de ella también se levanta.
- Susi, ¿necesitas algo?
- En realidad sí, ¡pero espera! - dice mientras aprieta los ojos.
- ¿Qué ocurre?
- No nada, es solo el niño, se mueve bruscamente, repentinamente.
- ¿En serio?, que perturbador se oye.
- No es de otro mundo ¿quieres sentirlo?
- ¡Claro!
Darío se acerca lentamente y coloca la palma de su mano sobre el vientre de Susana.
- ¡Dios mío es asombroso!
- ¿Qué pasa aquí? – dijo Rubén.
Darío quita su mano rápidamente.
- Nada solo le mostraba cómo se mueve el bebé.
- Susi, ¿qué es lo que querías que te traiga?
- Un vaso con agua – respondió ella.
- Gracias Darío, pero yo traeré lo que ella necesite.
- Bueno - responde Darío y se retira.
- Pero ¿por qué te molestas? – pregunta Susana.
- No me gusta que él te toque, ¿por qué no te das cuenta?
- Yo sólo estaba siendo amable.

- Y ese es justamente tu problema; eres demasiado amable con los hombres.
- Y tú estás siendo un idiota.
- ¿Qué quieres que te traiga?
-Nada, olvídalo, iré a la cocina yo misma.
Susana se aleja con dificultad.
- ¿Un mal día amigo? – consultó Simón
- ¿Eso crees? Vaya, olvidé que aquí todo se escucha y todo se ve, como el viejo dicho, ¿las paredes oyen? Mejor cállate…
Por otra parte, Leo observó detenidamente esos días a Victoria en la noches, en la vigilia la miraba detenidamente, mientras estudiaba sus pensamientos, recordaba las palabras de su padre…. ¡Hijo! Debes buscar una mujer que no sea complicada.
Y le puso en su camino, a la que ante sus ojos, era la indicada, incluso en ese momento intentaba recordar a aquella chica de la Colmena, pero de inmediato le venía la imagen de Victoria y su vos se interponía en su cabeza, se sentía molesto consigo mismo.
- ¡Ey! ¿Qué tanto piensas? – estás como ido.
- Nada, sólo en el viaje de mañana.
- Esta vez iré con ustedes, ¿lo recuerdas?
- Sí lo sé.
- Sabes, me he sentido mucho mejor desde que tú me acompañas, no me he vuelto a quedar dormida.
- Me alegra ser de ayuda para ti.
- Tú siempre me has ayudado Leo. Recuerdas cuando me encontraste, si no me hubieras rescatado de allí, no sé qué sería de mí en este momento. Te debo una
- Lo recuerdo, como olvidar aquel día, pero no me debes nada - dice con un poco de tristeza, pero Victoria lo sorprende con un abrazo, asombrado contempla el calor de su cuerpo pegado al suyo.
- ¡Gracias!... tú siempre fuiste amable conmigo.
- Yo jamás te haría daño Victoria.
Un ruido como de cajas cayéndose alejan a Victoria de entre los brazos de Leo.
- ¿Que fue eso? - dice Victoria, mira abajo y no ve nada
- Encenderé la linterna para alumbrar.
- No lo hagas, con la luz de la luna es suficiente. Creo que no hay nada, tal vez fue algún perro hambriento.

Leo miraba fijamente a lo lejos, sobre el techo de una propiedad le parecía ver exactamente la figura de un hombre parado, quieto, su capa larga volaba de un lado a otro.

- ¿No lo ves Victoria?

- No lo veo, no te preocupes, no vendrá, sé que esta por ahí y sabe que estamos aquí, pero no se acercará.

Leo estaba confundido pero una vez más confío en Victoria.

Capítulo Seis
La Tentación

Esa mañana, a pesar de haber trasnochado, Victoria se alistaba ansiosa; finalmente volvería a recorrer las calles de Asunción, por pocas cuadras que fueran y aunque estuvieran rotas, vacías y sucias.
Mientras todos se preparan para el viaje, Rubén se acerca a Susana.
- ¿Estás despierta?
- Sí, me levantaré enseguida, me siento incomoda en la cama.
- ¿Me perdonas? Fui un idiota ayer, ¿podrás olvidar eso?
- Ya lo había olvidado amor.
- Te amo Susana ¿lo sabes verdad?
- Lo sé y yo a ti.
- ¡Vámonos! - anunció Helen.
Susana le sonreía a Rubén mientras él se alejaba y sentía que su corazón palpitaba por ella.
Esa mañana, en la calle, mientras caminaba detrás de los recolectores, los ojos de Victoria brillaban ante la luz del día, había pasado más de un año que no salía. Caminaban en dirección a la costanera. No muy lejos, encuentran un almacén, su entrada estaba cubierta de publicidades de bebidas entre otros. Tenía el candado puesto en su entrada, lo cual era buena señal.
Simón es el encargado de abrir candados o cerraduras, bajó su mochila al suelo y quitaba sus herramientas, en unos minutos logra abrir y proceden a entrar al lugar.
- ¡Está lleno de mercaderías! – dijo Rubén.
- Hoy tuvimos suerte, preparen bolsas y mochilas, carguen todo lo que puedan, pero antes de cargar, vean las fechas de vencimiento.
Victoria feliz embolsa golosinas en primer lugar. Helen la mira con poco agrado, eleva la vista al techo y la regresa.
Mientras tanto en el refugio, Susana ha desayunado y ha tomado sus vitaminas, se siente alegre, con ganas de hacer alguna actividad, se dispone a ayudar a Ana en la limpieza, agarra una escoba y empieza a barrer.
- ¿Y qué haces? – le consulta Ana.
- Pues estoy barriendo, luego voy a trapear y sacudir.
- ¡Por supuesto que no!, Helen quiere que reposes.
- Ya estoy cansada de reposar, quiero hacer algo, además ella no está aquí, no va enterarse siquiera.

- Bueno, está bien, solo barre y yo pasaré el trapo, pero espera, debo levantar las colchonetas del suelo, tú no te agaches, haré lugar para poder limpiar, espera.
- ¡Si señorita!
Susana suelta la escoba mientras Ana está distraída, no puede evitar acercarse a la ventana, estando frente a ella piensa un instante, pero desea con afán mirar al exterior.
- Ya casi termino y podrás barrer.
- Hay alguien justo en frente
- ¿Qué?
- Hay un hombre mirándome, en la vereda de enfrente.
Ana eleva la mirada de inmediato hacia Susana y corre.
- ¡Aléjate de la ventana! ¡Pero qué haces! - le dice mientras la empuja para un costado␣sosteniéndola de los brazos.
- Está bien, ya salí.
- ¿Acaso estás loca? No debemos acercarnos a la ventana, ¡lo sabes!
- No pude resistir, sentí el impulso de mirar, quería la claridad del día.
- ¿Qué fue lo que viste ahí afuera?
- Era un hombre alto vestido de negro.
- Dios mío, ojalá no sea él.
- Podría ser un hombre en busca de alimentos o refugio.
- Mejor siéntate por favor, te acompañaré un momento, terminaré de limpiar cuando los demás regresen, ¿dónde se metió Darío?
- Debe estar en el baño, siempre se baña por la mañana.
Ana sentía un miedo profundo, se imaginaba cientos de cosas terribles, como que venía un grupo de invasores y se llevaran todo, o que le ocurriera algo a Susana en su estado. Deseaba con todas sus fuerzas que los demás volvieran. Se levanta preocupada y camina con nerviosismo.
- Quédate aquí un momento – le dice a Susana.
- Pero ¿adónde irás?
- Buscaré a Darío, solo será un momento.
- No quiero quedarme sola, iré contigo.
- Bueno, te tomaré del brazo.
Empiezan a caminar lentamente. De pronto escuchan un terrible golpe proveniente del techo, como si algo haya caído sobre él, se detienen de inmediato y el terror les sube por los pies.
- ¿Que fue eso?

Y la interrumpen los ruidos continuados, como pasos sobre la azotea, pisadas con fuerza.
Susana da un grito incontrolable de susto.
- ¡Cállate! No grites por favor o harás que nos maten.
Ana la lleva del brazo hasta el sofá y ahí la deposita con cuidado.
Susana respira con dificultad y le tiemblan las manos.
En eso entra Darío con su cuerpo entre mojado, termina de ponerse su remera mientras camina.
- Pero ¿qué fueron esos ruidos?
- ¡Ven aquí, no hables fuerte! ¡Hay algo en la azotea! – dijo Ana con lágrimas en los ojos.
Darío eleva la vista al techo con atención y de pronto vuelven los sonidos, como si alguien corriera de golpe, el sonido se trepa entre las paredes, por último se escucha que baja a la calle y desaparece, interponiéndose el silencio.
- Creo que se fue, tal vez era el lobo espantoso ese que anda por ahí.
Ana le dice a Susana que ya no está en peligro, pero ella no responde.
- Susi, te traeré agua, tranquila.
Cuando Darío regresa, Susana se pone cómoda para beber el agua.
- ¿Estás bien Susana, te sientes bien?
- Estoy bien, solo tengo mucho sueño, ¿pueden llevarme a mi cama?
- ¡Claro!, apóyate en nosotros.
Después de acostarla en su cama, regresan a la sala con temor aun de que aquello volviera.
- Susana vio a través de la ventana - dijo Ana mientras se recuestaba exhausta de los nervios.
- ¿Qué? Vaya, que problema.
- Dijo que un hombre estaba afuera y que la miraba justo a ella.
- ¡No puede ser! Ahora entiendo porque algo llegó al techo, pero ya se fue y estamos bien. Trata de olvidar eso, mas no lo comentes con nadie.
- Bueno, iré a cocinar, quédate aquí pendiente de ella.
- Está bien, me quedaré en la puerta.
Al mismo tiempo, los recolectores habían empacado todo lo que cabía en sus mochilas.
- ¿Están listos? – pregunta Helen.
Todos respondieron que sí.
- Salgamos de aquí entonces.
Y regresaron contentos al refugio.

Al llegar siguieron el protocolo de siempre. Rubén fue el primero en entrar ansioso de ver a Susana. Al hacerlo, encuentra a Ana sentada en el sofá con la vista algo perdida.
- Hola Ana ¿y Susana?
- Está dormida.
- ¿En serio? qué extraño, nunca duerme a esta hora, siempre me espera, iré a verla.
Rubén llega junto a la cama de Susana y comprueba que ella duerme. Entonces se retira en silencio.
Helen se siente completamente exhausta, se recuesta por un rato, pero que alivio estar al fin en su pequeña cama pensaba.
En unas horas Rubén se cansa de esperar que Susana despierte y decide interrumpir su sueño.
- ¡Susi despierta!
Lo intenta unas veces, hasta que ella lo hace.
- Hey, ya volviste mi amor.
- Volvimos hace mucho rato, ¿te encuentras bien? Te ves muy cansada.
- Estoy bien, sólo tengo mucho sueño, como si nunca haya dormido antes para ser exacta.
- Debes comer, voy a avisar a Ana que ya despertaste.
- Susana: ¡No! ¡Espera! No te vayas, quédate a mi lado.
Entonces él se acomoda a su lado y toma su mano.
- Gracias por haberte quedado a mi lado, yo te fallé, pero aun así tú permaneciste conmigo.
- Para mí nunca fue una opción separarme de ti, yo te amo, pero ¿por qué lloras Susana?
- No lo sé.
- No pienses en esas cosas.
En eso llega a la habitación Helen.
- ¿Ya despertó la bella durmiente?
Rubén se levanta de la cama y se acomoda en un rincón - Le decía que debe comer.
- ¿Cómo? ¿No has comido aún Susana?
- No, creo que me quedé dormida.
- ¿Por qué estamos tan decaída hoy mi gordis?
Susana ríe con debilidad.
- Ya falta poquito tiempo, a estas alturas de tu embarazo, te harían un ultrasonido, pero aquí en mi humilde morada, solo escucharé al bebé y controlaremos tu presión.

- Está bien, hazlo.
- Te ayudaré a sentarte para controlarla, Rubén, ¿puedes acomodar las almohadas en su espalda?
- Si claro.
- Qué extraño.
- ¿Qué pasa?
- Está con presión baja, puedes traerle un vaso de soda. Y después dile a Ana que le traiga el almuerzo. Debes comer Susi, así te sentirás mejor.
Rubén hace de inmediato lo que le pidió Helen y no tarda en regresar. Susana bebe lentamente de loa sorbos, luego baja el vaso sobre la mesita de luz.
- No te la acabaste amor, ¿no quieres más?
- No gracias.
Helen se sienta en una silla y la observa.
Ana entra al dormitorio con un plato de comida - Ya está su comida - dice tímida.
- Gracias Anita.
Ana camina hasta la puerta y se detiene en ella, desde ahí mira a Susana con incertidumbre.
-Gracias, puedes irte – le dijo Helen.
Ana quería contarles lo que había pasado, pero se mantuvo callada todo ese tiempo teniendo en cuenta que la propia Susana no había dicho nada de lo sucedido.
Después de un rato, Susana bajó su plato sobre la mesa y no había comido casi nada.
-Ya no quiero más, iré al sanitario.
Trata de levantarse pero unas nubes negras pasan frente a sus ojos y se desvanece, Helen logra sujetarla a tiempo.
- Pero ¿Qué le ocurre? – consultó Rubén.
- Tranquilo, está mareada, se debe a su presión.
- No me siento muy bien – dijo con la vos entrecortada, sus ojos aperlados brillaban y se la veía pálida, su respiración se agotaba.
Pronto el rostro de Helen cambió – Tranquila, estarás bien, te llevaremos al sanitario, luego podrás descansar.
Rubén se acerca de prisa y ayuda.
Cuando regresa, se recuesta con los ánimos decaídos.
- Pondré almohadas bajo tus pies y los mantendrás elevados un rato, pero antes te revisaré, Rubén, ¿puedes cerrar la puerta?

- ¿Puedes hacerme esa prueba mañana? Por favor, ahora me siento muy cansada.

Helen duda, pero viéndola tan decaída, respeta su pedido.

- Entonces solo escucharé al bebé y me iré para que puedas descansar.

Helen usa el estetoscopio para controlar los latidos de corazón del niño.

- Está muy bien, descansa entonces, volveré más tarde a controlar tu presión.

Al salir de la habitación, Ana se acerca a Helen preocupada.

- ¿Ella está bien? ¿Qué le sucede?
- Tiene la presión arterial baja, iré a ver si tenemos algún medicamento para ello, mientras tanto debe beber agua y puedes darle cada tanto pequeñas porciones de comida con sal.

En eso Rubén también sale a su encuentro - ¿Qué le ocurre a Susana?

- Es su presión, debe ser por su embarazo, encárgate de que beba mucho líquido, coma y se pondrá bien. Si no se normaliza su presión arterial en unas horas le recetaré unas pastillas. Ahora iré a comprobar que es lo que tenemos.
- Entiendo, espero que se ponga bien.

En los pasillos, Ana encuentra a Darío, lo ve tranquilo, como si todo marchara bien. Verificó que nadie estuviera viéndola y se acercó a él discretamente.

- ¿No has captado lo que ocurre?
- La verdad no, ¿Qué pasa?
- Susana se ha enfermado, tiene problemas de presión baja.
- Te preocupas demasiado, eso debe ser normal en su estado.
- Ella estaba bien antes del suceso de la mañana, debemos decirle a Helen lo ocurrido, tal vez ella sepa que hacer.
- Esa mujer es más irascible que mi abuela, ¡olvídalo!, pensará que fue nuestra culpa.
- Ana no insistió más y llena de dudas se apartó para escuchar sus pensamientos.

En el cuarto de la angustia, Rubén se sentía frustrado, se había hecho otra idea, después de todo era víspera de año nuevo. Ese día la recolección fue buena, pudieron haber brindado con un pequeño banquete de bienvenida al año 2026 o simplemente disfrutar las charlas abrazados mientras el tiempo transcurre. Suspiraba sentado en una banca frente a su cama la veía enamorado y contemplaba sus ojos apagados, el anaranjado de sus cabellos que pintaban las sábanas blancas de algodón.

En la biblioteca, Helen leía la biblia tratando de evitar las preocupaciones que acechaban su cabeza. A su lado Victoria había puesto una manta y se entretenía del mismo modo sobre sus piernas sostenía un perro de peluche con cual siempre dormía.

- Escucha esto Victoria, Juan 3:1
"El que no renace del agua y del espíritu no puede entrar al reino de Dios. Lo que nace de la carne es carne y lo que nace del espíritu es espíritu"
- ¿Qué significa?
- No puedes entender todo lo que dice la biblia, pero puedes creer, no indagues demasiado.
- Pero aquí debe estar la respuesta.
- Creo que ya la repasaste una y otra vez sin darte cuenta.
- ¡Helen!, te estaba buscando, Susana sigue durmiendo, no hemos conseguido que coma nada Ya es de noche y estoy preocupado – interrumpió Rubén.
- Vamos a verla.

En la habitación, Helen toma la presión de Susana, escucha su corazón y sus pulmones, mientras Rubén la observa nervioso.
- ¡Despierta Susi!, ¡vamos!
Entre sacudidas, en unos segundos Susana abre los ojos - ¿Qué sucede?
- Debes permanecer despierta ¿si no bebes ni comes, como mejorarás?
- Yo lo siento, sólo quiero dormir.

Rubén se sienta a un lado de la cama y sostiene su mano - ¿Estás bien corazón?
- Un poco cansada y tengo frio, puedes taparme con una manta.
- Rubén, ¿puedes ir al almacén y traerme un maletín marrón de la habitación del parto? Allí tengo un termómetro.
- ¡Claro!, ya vuelvo.

Helen se mostraba positiva mientras tomaba la presión de Susana, pero en el fondo estaba muy preocupada. Después de unos minutos, Rubén estaba de vuelta, se cruzaba de brazos mientras observaba
- ¿Y qué tal la encuentras Helen?, ¿tiene fiebre?
- No está muy alta, tranquilo, hablaremos en un momento. Lo que si les diré es que necesitaremos un medicamento que no tenemos para la presión. Al parecer a causa de su presión arterial baja esta con Hipotensión Ortostática.
- ¿Qué es eso?
- Debemos concentrarnos en normalizar su presión arterial y su ritmo cardiaco, necesitamos midodrina (ovaten), pero no tenemos, podemos probar con analgésicos o antigripales mientras y mañana temprano saldremos a buscar. Susana, te pondrás bien, pero debes procurar comer, si no lo haces, te colocaré el suero.
- Está bien, lo haré; quisiera una pajita para el agua o una bombilla.
- La tendrás, Rubén, pídele a Ana que lo consiga por favor. ¿Te acuerdas cuando nos conocimos Susi? En aquella fiesta de la universidad, vi a una chica bailando en el antro, con un toque de danza exótica. Todas las personas tenían los ojos puestos en ti. Reías y brillabas en la pista, trata de encontrar de nuevo a esa chica, mi amiga.
-Lo recuerdo - dice Susana – tratando de verse contenta.
- Bien, buscaré los analgésicos querida.
- Permiso, te he traído la cena Susi, es especial para ti – dijo Ana.
- ¡Gracias! ¡Vaya!, se ve muy bien.
- Ana, ¿puedes quedarte con ella un momento?, ya vuelvo.
- Está bien - dijo ella mientras miraba con tristeza a Susana.
- ¿Me perdonas Susi?
- ¿De qué hablas Anita? No seas tonta, tú no tienes la culpa de nada. ¿Te puedo pedir un favor?, ¿puedes llamar a Victoria?
- Bueno, cuando vuelva Rubén iré a buscarla.
En las afueras Rubén encuentra a Helen. - ¿Qué es lo que tiene Susana? No la veo nada bien.
- No estoy segura, es difícil saberlo sin análisis. Tiene escalofríos, su ritmo cardíaco está acelerado, tiene mareos.
- ¿Y qué haremos?

- Solo esperar que la pastilla dé un buen resultado, he tratado también su ritmo cardiaco y al parecer está un poco mejor, pero si no da resultado tendré que colocarle el oxígeno. Debes insistirle que coma y beba algo, trata de no mostrarte preocupado, para no alterarla. Estaré en la biblioteca, cualquier cosa, ve a buscarme.

Rubén se dirigió de vuelta a su rincón para estar con su amada, las mil cosas que se repetía en la mente probablemente le habían causado una ligera jaqueca, pero su temor por Susana era tan grande que su dolor no importaba.

- Ya estoy aquí amor – le dijo.

En unos minutos llegó Victoria -Hola Susi, escuché que estas algo indispuesta, ¿Qué tal estás?

- Más o menos, mejorando de a poco, sabes, a la tarde tuve un sueño contigo, acércate a mí por favor.

Victoria se sentó a su lado en la cama, Susana la tomó de la mano y le susurró algo al oído.

Rubén las miró extrañado.

Victoria sonrío, se levantó y se marchó.

Capítulo Siete
El Nacimiento

Por otra parte, Ana se sentía cada vez más inquieta y preocupada, ya eran horas considerables de la de noche y en el aire se percibía tristeza. Sentía un mal sabor en el pecho, tal vez era solo el hecho que había callado aquel suceso o era un mal presentimiento. Su madre le había enseñado que siempre optara por la verdad, sobre todo en aquello que por callarlo perdería el sueño, no importaba cuan grave sea. Ojalá ella estuviera allí para poder aconsejarla pensaba. Cerró sus ojos y trató de escucharla a través del silencio.
Helen nota el cambio del clima y comprende que se acercaba una tormenta.
- Pero ¡qué molesto este tiempo! -Ana ¡Ana!
- ¿Sí?
- ¿Adónde tienes la mente niña?, te estaba hablando y no me escuchas.
- Lo siento, no me siento muy bien.
- ¿Qué tienes?, dímelo.
- Debo decirte algo que ocurrió hoy.
- Está bien, tranquilízate y suéltalo.
- Cuando no estaban, Susana vio a un hombre a través de la ventana.
- ¿Quéee?
- Se levantó muy animada, dijo que estaba cansada de acostarse y que quería ayudar. Me negué pero ella insistió, se dispuso al menos a barrer la sala, a lo cual yo accedí. Mientras me encontraba levantando las cosas del suelo, ella se acercó a la ventana y solo me di cuenta cuando ella lo dijo.
- ¿Qué fue lo que dijo exactamente? - indagó Helen mientras colocaba la palma de su mano sobre su frente.
- Ella dijo que había un hombre en frente mismo y la miraba justo a ella, comunicó también que llevaba un atuendo negro extraño. No duró mucho allí, apenas la vi la quité y en unos pocos minutos escuchamos unos sonidos escalofriantes en la terraza, era estrambótico, ya que parecía que alguien se trepaba por las paredes, pero en velocidad de un animal salvaje, sonaron unas corridas tras otras y luego volvió el silencio.
- ¡No puede ser! - dijo Helen.
- Después de eso, ella cambió totalmente, se quedó dormida en seguida.

Leo, que pasaba por ahí, se quedó escuchando en el pasillo.
En un momento Helen lo nota.
- ¡Leo! Ven por favor, necesito que traigas a Darío aquí. Y luego busca a Victoria, dile que no haremos vigilancia desde la azotea hoy, el tiempo está feo, tiene pinta de que se largará una lluvia en cualquier momento.
Cuando Darío entra y ve a Helen de pie, cruzada de brazos moviendo un pie, ya se imaginaba lo que ocurría.
- Dime Darío ¿Por qué no me informaron lo que sucedió hoy con Susana?
- No queríamos preocuparte, eso es todo.
En eso llega Victoria y presta atención a la charla.
- Cuando tienes un problema ¡No lo escondes! ¡Lo enfrentas! Apenas y puse un pie dentro debieron decirlo, ¿Qué hacías mientras ella se acercaba a la ventana? eres el único hombre aquí cuando salimos y debías mantener todo bajo control.
- Susana ya es adulta, dueña de sus acciones ¿Cómo iba saber que debía vigilarla como si fuera una niña? – argumentó Darío.
- Pudiste haberlo evitado si estuvieras en el lugar y el momento exacto.
- Tranquilízate Helen – dijo Victoria.
- Tú mejor no te metas Victoria, quisiera darle a los dos unas cachetadas para que fueran más despiertos, pero debo pensar qué demonios fue lo ocurrió. Tú tranquila Anita, haz hecho bien en decirme.
Ana se sentó en un rincón y comenzó a orar en silencio por la recuperación de Susana.
Pronto comenzó a llover torrencialmente, lo cual empeoraba las cosas. Era casi la media noche, algunos ya dormían. Helen decidió ir a ver a Susana antes de acostarse.
Al entrar encuentra a Rubén sentado en el suelo.
- ¿Qué tal?
- Duerme, sólo eso, ya no sé qué pensar.
- Odio tener que preocuparte más, pero hace rato me enteré de algo.
- ¿Qué paso?
- Ana y Darío dicen que Susana vio al diablo, cuando estuvimos en el exterior, lo hizo a través de la ventana y lo miró directo a sus ojos.

- ¡Ho no!, no puede ser, debí quedarme con ella y protegerla, todo es mi culpa, me habías dicho que en los últimos días de su embarazo ya no saliera, que la acompañara, no te escuché, pensé que Darío no era el indicado para reemplazarme, ya que es un arrogante, no sabe trabajar en equipo y ocurrió esto.

Rubén aprieta la cabeza con ambas manos y baja la mirada al suelo, su preocupación había aumentado de golpe.

- ¡No es tu culpa! Vamos, cálmate, ten fe – decía Helen mientras controlaba a Susana.
- ¡Mira su presión está mejor, aún no está normal, pero ha cambiado para bien. Su ritmo cardiaco también muestra signos de mejoría, es una buena señal, debes darle de nuevo el medicamento a las cinco de la mañana.

Rubén se levanta del suelo.

- ¿Sabes?, yo nunca antes había tenido tanto miedo como en este momento.
- Tranquilo, yo estimo que en la mañana estará mejor, trata de descansar, yo iré a la biblioteca a leer hasta que me venga el sueño, búscame si necesitas algo.
- Gracias.

La lluvia golpeaba con fuerza los cristales de la ventana.

Leo se levanta para buscar recipientes para las goteras, como de costumbre, sus ojos siempre apuntaban a Victoria, pero no la ve. Entonces disimuladamente, comienza a buscarla, definitivamente no se encontraba allí. Decide dirigirse al piso de abajo, pero eso sería tan raro, que decidiera bajar en la oscuridad, con la tormenta y a altas horas de la noche. Cuando llega recorre cada espacio con la linterna, pero no estaba.

La busca en cada piso detenidamente, pero no está en ninguna parte, ya solo queda la azotea, pero eso es más descabellado aun, ¿Qué podría hacer en la azotea?, con semejante tormenta.

Lo piensa un momento y luego decide ir, sin decirle a nadie.

Se pone un traje de lluvia y comienza a subir los escalones, cuando se encuentra frente a la puerta de salida, se detiene, piensa en lo que Helen decía sobre la lluvia, que podía ser peligrosa, siente miedo, pero era más grande el deseo de encontrar a Victoria, por lo tanto se acerca y abre la puerta.

Da unos pasos saliendo al exterior, quedando completamente bajo la lluvia, las interminables gotas de agua interferían con la luz de la linterna, el cielo estaba parcialmente naranja, lo cual aclaraba la noche. Dirigió la luz de su linterna en varias direcciones, sintiéndose un completo tonto, no era posible que estuviera allí, tal vez estaba abajo y él no había buscado bien pensaba, pero de pronto la ve.
Estaba de espalda, con las manos al frente, inmóvil, el agua le llega hasta los talones, Leo alumbra sus pies descalzos.
- ¡Victoria, pero que haces aquí! - le dice en un grito contenido.
Cuando iba acercarse, vio a un hombre alto colocarse tras ella, se quedó quieto alumbrándolo anonadado, tenía un saco negro casi hasta el suelo que se partía en el medio unos centímetros, sus pies eran grandes y no llevaba zapatos. Acercó su rostro al cuello de Victoria y parecía que le decía algo, tomó un mechón de su cabello y lo olio, puso sus manos sobre sus hombros. Luego los bajó y se retiró.
La respiración de Leo se aceleraba, sentía un nudo en el estómago que subía hasta apretarle el pecho, eso lo dejaba tieso, congelando hasta sus pensamientos. Se quedó unos minutos sin poder reaccionar teniendo entre ojos la espalda de Victoria. Estaba realmente aterrorizado y se sentía traicionado por ella, bajó la luz de la linterna al suelo y las gotas de lluvia en el charco lo calmaron. En su mente aclaró lo que ocurría, levantó su frente y reunió valor, sabía que su final estaba cerca, y no iba a rendirse dándole tregua a su enemigo.
Era un hecho inusitado lo que había visto, partes de él le gritaban que se fuera dando una media vuelta y regresara con los demás a informarles lo que ocurría, pero tal vez era un idiota masoquista porque no podía hacer eso.
Decidió acercarse a ella aunque ese fuese su fin, el demonio estaba en un rincón con los brazos quietos y la cabeza elevada como si estuviera meditando. Leo caminaba por la orilla lentamente, los relámpagos furiosos eran alarmantes, pero ignorando todo a su paso, llegó hasta ella, la alumbró de cerca, tenía las manos juntas sobre el pecho, los ojos cerrados y expresaba una media sonrisa.
Leo no alcanza a comprender nada, miró de reojo al demonio y temeroso se acercó a ella tocando su brazo.
¡Victoria! ¡Despierta! – dijo con desesperación.
Ella abrió los ojos y de momento se asustó.
- Soy yo ¡Mírame! Tranquila.

Victoria lo reconoció y lo abraza, su rostro estaba helado, sin nada que lo cubriera, su respiración rozaba el cuello de Leo, sintiendo su mentón cerca de la oreja.
- ¿Qué haces aquí? ¿Por qué viniste?
- Te busqué y no te encontré.
Leo la abraza con fuerza y llora en silencio bajo la lluvia, cayendo en cuenta de que estaba totalmente perdido, bajo un encanto peligroso y desconocido, de un amor inalcanzable.
- Estás temblando ¿estás bien?
- No me siento bien Victoria ¿podemos entrar por favor?
- Está bien, tranquilo, todo estará bien - decía tomando su mano.
Caminaban despacio por el agua reunida en el piso. Mientras Leo sentía la mano delgada de ella en la suya, la duda y el miedo jugaban en su mente. Una vez más no se volteó a mirar hacia atrás, avanzo, Cuando llegaron a la puerta, entraron y él la tranco deprisa, pero asumiendo que el demonio podía entrar igual si quisiera. Ahora sí se había convencido que él sabía que ellos se encontraban allí. Y era probable que hace tiempo estaba al tanto y solo jugaba con ellos, quizás Victoria lo haya traído ¿Será una coincidencia que se acercó justo cuando ella no estaba?
- ¿Qué piensas? ¿Por qué estás tan callado?
- En nada Victoria, estás completamente empapada, nadie debe verte así, ojalá no hayan notado que estábamos ausentes.
Bajaron la escalera en silencio goteando de agua. Al llegar al almacén, Leo se quita el traje de lluvia y trae ropa seca para Victoria.
- Ponte esto y por favor usa esta mascarilla, yo te esperaré en la escalera.
Victoria le agradece con aire de tristeza.
Sentado en la escalera, Leo decide ocultar lo que Victoria había hecho, sin saber que les podría pasar por la exposición. Prefería tomar todos los riesgos y rezó para que sus temores fueran en vano.
Helen se había quedado dormida sobre su libro.
Al entrar Leo y Victoria, ella se despierta.
- ¿Vigilando el lugar muchachos?
- He, sí, eso hacíamos.
Después Leo se acomodó en su colchoneta y desde allí, con la media luz de la lámpara y el sonido de las goteras, piensa en Victoria, definitivamente no sabía nada de ella, pero la amaba, ese era el problema.

Junto a un escritorio, Helen había perdido el sueño y de nuevo recorría en su mente el estado de Susana y lo que ella había visto, pensaba en cada síntoma que mostraba. Por un lado estaba el hecho de que podría ser por su propio embarazo y por otro su mayor miedo, que no deseaba ni imaginarlo, era que tal vez, él le lanzó un maleficio que la enfermaba.

No puede ser... se decía a sí misma. De pronto le llegó una terrible idea, abre los cajones rápidamente pero no encuentra lo que busca, se altera rebuscando entre los folletos, así que se levanta y se acerca a Leo.

- ¿Leo?, ¿estás dormido?
- No, ¿qué pasa?
- Por favor ayúdame a encontrar algo en la biblioteca.
- Sí, claro, ¿qué es?
- Es un folleto tamaño carta, en él se encuentran las ultimas enfermedades descubiertas, lo necesito con urgencia.
- Está bien, lo encontraré.

Al llegar busca en los estantes de los libros, de arriba a abajo, sacudiendo los más grandes, hojeando los demás, hasta que lo encuentra.

En el suelo, Rubén se despierta de golpe, como de un susto, revisó la hora del reloj y eran las dos con treinta de la madrugada, se sentía tan cansado, con los ojos entreabiertos se levantó a ver a Susana.

Se acercó a ella para comprobar que esté bien, controló su respiración lo cual no se oía bien, colocó una mano sobre la cama, cerca de su cintura, para acercarse a ella y notó que la sábana estaba mojada.

La impresión lo ha despertado al 100% esta vez, retira la sabana que la cubre y con la lámpara alumbra esa zona, luego palmotea el colchón.

- Qué extraño, está empapado.
- ¡Susana! ¡Despierta! – dijo, pero no tuvo respuesta.

Entonces su mayor temor ha tomado lugar.

- ¡Lo encontré!, aquí está, aseguró Leo.

Helen tira todo lo que llevaba en las manos, lo agarra de prisa, hojeando y leyendo de arriba abajo con una linterna de mano.

- La E.D.S, aquí está, conocida como la Enfermedad Del Sueño, es una pandemia que se ha cobrado la vida de incontables niños y embarazadas. Síntomas: mareo, visión borrosa, cansancio, desmayo e incapacidad para moverse y hablar, sueño excesivo, presión baja, alteraciones cardiacas.

Una lágrima caía de los ojos de Helen mientras leía, sentía un nudo en la garganta y continuaba la lectura.
- Hasta el momento no hay ningún paciente recuperado de esta enfermedad. Su origen es desconocido para los de bata blanca y no hay cura.
- ¡Helen! Tienes que venir de inmediato, algo le ocurre a Susana – comunicó Rubén.
Helen suelta el libro y corre a ver a Susana - ¿Qué tiene?
- Su cama está llena de agua, no sé si goteó del techo o que será.
Helen la examina y le tiemblan las manos.
- Se le ha roto la bolsa – dijo.
- ¿Eso qué significa?
- Que ya es hora, el niño debe nacer.
- ¡Mírala!, ¿Crees que en su condición dará a luz?
Helen guarda silencio un momento pensando cómo decirle lo que ocurría.
- Rubén escúchame, Susana está enferma.
- ¿Qué?, pero ¿qué es lo que tiene?
- Tengo toda la sospecha que ha contraído un virus llamado EDS que ataca al corazón y al cerebro, comenzando con mareos, escalofríos, presión baja. Su corazón no recibe suficiente sangre.
- No, no puede ser, debe haber un error, dijiste que ella estaría bien.
- Lo sé, pero debemos afrontar la realidad, desconozco la enfermedad, no sé cómo se transmite, debo practicarle una cesárea para evitar el contagio al bebé, quiero creer que él está bien, debemos hacer lo posible para salvarlo.
- Yo quiero y necesito que la salves a ella ¡Entiéndelo!
- Lo intentaré, lo prometo.
En el otro dormitorio, Leo ha despertado a los demás y se han reunido en la habitación de Susana.
- Debemos llevarla abajo – dijo Helen - colocarle suero, necesitará oxígeno. Escuchen, sé que están asustados, pero lo lograremos, el sonido de la lluvia estará a nuestro favor, las ventanas de abajo ya están tapadas y no se verá la luz desde afuera. Simón, debes bajar y conectar el generador, necesito mucha luz en ese cuarto. Ana, por favor prepara agua caliente y alcohol para desinfectar. Victoria prepárate para recibir al niño, prepara sus cosas, necesitamos toallas, algodón, manta, todo está abajo y en el mueble hay batas, ponte una. Simón y Darío, me ayudarán a bajar a Susana.

- ¡No!, lo haré yo solo – interrumpió Rubén - solo dame un minuto a solas con ella.
- Está bien, te espero abajo.
Rubén se acerca a Susana y la toma de la mano.
- Por favor Señor, no me arrebates a mi mujer, no podría estar sin ella. Susi, recupérate pronto, tú serias una mamá excelente, yo no sé ni cargar un bebé, ¡te necesito! No me dejes.
Rubén era un hombre alto, de físico fuerte, pero en ese momento le temblaban las manos, con mucho esfuerzo pudo cargar a Susana.
En cada paso que daba, su mente lo derivaba a otro lugar. Antes de que llegara todo el caos, había pensado en la idea del matrimonio, ahora se lo podía imaginar. Mientras sostenía a Susana en sus brazos, se veía a sí mismo, saliendo de la iglesia de la mano de ella, tan felices y emocionados, sus padres reunidos a los costados aplaudiendo a los recién casados. Al terminar los escalones una sonrisa iluminaba sus ojos.
- Bájala con cuidado en la cama.
- ¿Qué?
- ¡Vamos amigo!, necesita el oxígeno, debo proceder.
Rubén se veía algo confundido, Helen lo ayuda a colocar a Susana en la cama.
- Escucha, tú no estás muy bien, es mejor que esperes afuera, trata de tranquilizarte, Simón y Victoria me ayudarán.
Rubén asiente y sale de la sala, da unas vueltas en el pasillo, luego se sienta en la escalera.
Helen le pone el oxígeno y el suero a Susana
- Simón, colócale el oxímetro en el dedo.
- Listo.
- Arritmia cardiaca, su corazón late muy lento, esto no me gusta nada.
- Los instrumentos están listos – dice Victoria.
Helen nunca había hecho una operación ella sola, pero había estado presente como ayudante y aprendiz en varias cirugías obstétricas, estaba aterrada en verdad, aunque no lo demostraba.
- La anestesiaré, necesito que la sienten con la cabeza inclinada hacia abajo. Tendrán que sujetarla con fuerza mientras yo encuentre el punto
- Está bien.
En la escalera Leo, Ana y Darío acompañan a Rubén. Desde allí escuchan a Helen algo alterada.

Rubén suspira una y otra vez, los nervios lo consumen, quiere rezar pero no lo consigue, como si tuviera un bloqueo mental.
Ana cierra los ojos y ora en silencio.
- Es mejor estar aquí que de ayudante de Helen - dijo Darío conteniendo el sueño.
Tiempo después Helen ha hecho una incisión en el útero de Susana, introduce las manos y levanta la cabeza del bebé.
-Victoria prepárate.
Ella se acerca.
- Simón, colócate del otro lado y presiona su vientre de arriba hacia abajo.0
- ¡Hay Dios! - expresó él impresionado.
- Te juro que te golpearé si te desmayas.
Simón lo hace reuniendo mucho valor y bajo las indicaciones de Helen. Al fin Helen aclama: - ¡La tengo!, es una niña, corta el cordón umbilical y controla su respiración. En ese trance, la bebé comienza a llorar.
Desde afuera oyen el llanto.
- Oíste eso amigo, ya eres padre.
Rubén se para lentamente.
- Victoria, límpiala y encárgate de ella.
- Está sangrando mucho - afirmó Simón.
- Tranquilo, ahora arreglaremos esto.
En un momento Victoria tiene lista a la niña.
- ¿Puedo llevarla a mostrársela a Rubén?
- Sí, ve.
Victoria cargaba a la niña envuelta en una manta, le daba leves palmaditas para que dejara de llorar.
- Es una niña Rubén ¿Quieres verla?
- No, prefiero verla junto con Susana, cuando ella esté bien.
- Yo quisiera verla - dijo Ana.
Victoria la inclina un poco, al fin ha dejado de llorar.
- Es hermosa.
- Qué bonita y pequeña es – añadió Darío.
- Creo que se parece mucho a su madre – dijo Leo.
Rubén, sin decir nada, se dirigía al cuarto del parto.
En la puerta se detiene al ver a su amada desvanecida, había sangre hasta en el suelo, se alejó lleno de angustia.

Capítulo Ocho
La Alucinación

Tiempo después, Helen sale del cuarto y Rubén se pone de pie rápidamente.
- ¿Cómo está?
- Su ritmo cardiaco es bajo, su corazón no bombea suficiente sangre. Le he administrado digoxina, pero no hay signos de mejoría. Necesita de terapia intensiva, pero no disponemos. Las próximas horas serán fundamentales para ella.
En ese momento Rubén sintió su cuerpo descender en una profundidad eterna sin poder tocar el fondo, las cosas pasaban frente a él como un episodio en cámara rápida y no las podía detener porque seguía cayendo en ese espacio vacío. De vez en cuando escuchaba de fondo el llanto de un bebé, y a veces alguien hablándole, a lo que él respondía: sí, sí, bueno, sin entender, ni escuchar palabra alguna.
Ese día del nacimiento de la niña, por la tarde, los ojos de Susana se habían dormido para siempre, Rubén la miraba como si todo aquello era especie de espejismo, ya no lloraba porque en su mente había creado otra realidad. Vivía cientos de recuerdos como si estuvieran pasando de vuelta, donde todo era feliz.
Una tarde cuando el sol caía y él cielo de color carmesí se tornaba deslumbrante en el último ocaso frenesí, se encontraba frente a la fuente de los enamorados del parque Manuel Ortiz Guerrero de la ciudad de Villarrica, donde jugaban a ser adolescentes.
La tradición consistía en pedir un deseo al poeta frente a la fuente del amor. Juntos, entre risas y abrazos, pidieron permanecer juntos pese a cualquier situación u obstáculo que se presentara. Al día siguiente vieron el atardecer desde la banca a lo alto del cerro Akatí de la colonia Independencia y luego continuaron el trayecto de regreso. Como era tan oscura la carretera y poco transitada en un día feriado, siempre paraban en el viaje por pedido de ella. Rubén no tenía otra opción que encostar el vehículo o adentrarse en los campos de trébol y saciaban sus deseos más profundos.

Su delirio lo llevó también a aquel encantador lugar donde habían ido más de una vez "Cabaña y Quincho Mbatovi", rodeado por las serranías de Paraguarí, caminaban de la mano por sus caminos boscosos, descasaban en el pasto verde contemplando el murmuro de las aguas corredizas entre las piedras y el canto maravilloso de los pájaros. Bajo el quincho, en una hamaca colorida, Susana se quedaba dormida después de unas largas charlas, él sonreía al contemplarla, sus bucles siempre caían sobre su rostro y él los apartaba.
Era tan hermoso vivir en los recuerdos, que Rubén ignoró por completo la realidad.
Después del entierro parcial de Susana en los alrededores, Helen se queda a solas en el departamento del medio en donde Susana había dado a luz, al ver el cuarto con sus cosas, entra en un cuadro de rabia y coraje. Lo tira todo a su paso: la cama, la mesita con los instrumentos, todo lo que habían conseguido con sacrificio. Llena de ira gritaba.
- ¿Qué es lo que quieres de mí? Dios, lo he dado todo de mí y aun así he fallado ¿Qué más puedo hacer?
Estaba sentada sobre sus rodillas en el suelo, en medio de las cosas tiradas, en eso entra alguien.
- Pero ¿Qué ha pasado? Escuché los ruidos y bajé corriendo.
- Me he esforzado tanto y no sirvió de nada, quería tanto salvarla - dijo colmada de lágrimas.
- No puedes culparte por lo que pasó Helen, no fue tu culpa, hiciste todo lo humanamente posible, salvaste a una niña que tenía muy pocas probabilidades de vivir.
- ¿Has visto el rostro de Rubén? no sé cómo ayudarlo, tiene un cuadro de depresión aguda, pobre hombre.
- El tiempo lo ayudará, no te preocupes, se recuperará.
De pronto sienten un temblor en el ambiente como un terremoto.
- ¿Qué demonios es eso? Vayamos con los demás ¡Anda!
Al entrar a la habitación, todos están asustados y agitados.
- ¡Es la bestia! está afuera, justo abajo.
Helen busca la forma de verlo sin ser notada entre los cortinados.
- Lo ves, está acostado justo en la entrada del edificio y su cuerpo llega hasta donde tenemos la cuerda de escape, ¡estamos rodeados!
- ¡Maldito, mil veces maldito!
- Helen, ¡no maldigas!
- ¡Debo matarlo!, así sea lo último que haga.
- No puedes hacerlo - añadió Victoria.

- ¿Qué haremos? ¿Cómo saldrán a recolectar? - manifestó Ana - les recuerdo que la leche de la niña esta por acabar.
- ¡Hablen bajo! La pequeña duerme, con suerte esa cosa de afuera se irá enseguida - expresó Simón.
- La última vez que se ha hospedo a unas casas de aquí, estuvo semanas y nos hemos arreglado, pero ésta vez está en la entrada mismo, es imposible salir.
Viendo toda esa situación desesperada Leo mira con atención a Victoria, respira hondo y al fin toma una decisión que tal vez le diera fin a su amistad con ella. Se sintió triste pero debía hacerlo.
- ¡Helen! ¿Podemos hablar?
- Si, en seguida, déjame pensar qué hacer.
- Necesito hablar contigo ¡es urgente!
- ¿Qué será lo que no puedes decirme aquí? ¡Madre mía dame paciencia! Bueno, vamos a la cocina.
- Y bien ¿qué quieres Leo? ¿Sí entiendes que si esa cosa se levanta o estira las patas por nuestro edificio, nos desplomaremos y moriremos verdad?
- Lo sé, por favor, siéntate y escúchame, esto será largo.
- Bueno; ya me senté, dime.
- Tengo una teoría, creo que hay alguien aquí entre nosotros que podría saber cómo acabar con esto.
- ¡De qué hablas! ¿Quién?
- Victoria.
- ¡No entiendo!
- ¡Escucha! he ocultado ciertos eventos extraños, porque no quería que la echaras.
- Leo; aquí todos sabemos que estás enamorado de ella, cuéntamelo todo ahora.
Leo se sienta a un lado y comienza a hablar lamentando los hechos.
- La noche de lluvia me di cuenta que no estaba, entonces comencé a buscarla por todas partes y no la encontré. Sólo quedaba la azotea, así que allí estaba bajo la lluvia, descalza, en la oscuridad, sin protector facial.
- ¿Qué? ¿Está loca? y tú has perdido totalmente la cabeza ¿Qué sucede contigo?, yo no puedo creer esto.

-Eso no es todo, había alguien más, lo he visto, estaba justo detrás de ella, acariciaba su cabello, no sé con exactitud lo que le hacía, pero esa cosa tenia cierto apego a ella, la luz de la linterna se opacaba, pero te juro que es verdad, era el Señor de la Oscuridad.

Helen se pone lentamente de pie. – No es posible - dijo llenándose de ira, se sentía traicionada y burlada.

- No es la primera vez que lo vi cerca de ella. En otra ocasión la encontré tirada en el suelo y el demonio en su forma animal la rondaba, me acerqué a ella y emitió una especie de gruñido cuando yo iba a tocarla, parecía que la mezquinaba. Sospecho que no me ha matado por ella.

- ¿Cómo puede estar tan cerca de ella y no matarla?, ¿Por qué no se ha enfermado? Que mierda ocurre aquí.

- No lo sé.

- ¿Por qué me has ocultado todo esto? Creí que éramos como hermanos.

- Lo somos, pero no quería que la echaras a la calle. ¡Perdóname!, no sé cómo explicarlo, sé que se ve muy mal, pero te aseguro que ella no es mala, sino todo lo contario.

- La verdad es que no sabemos nada de ella, pero lo averiguaremos ahora mismo, ve a buscarla de inmediato mientras yo me rebusco de paciencia.

- ¡Victoria!, ¿puedes venir?, Helen te necesita

Al llegar a la cocina Victoria ve a Helen recostada por la pared, se veía muy alterada.

- ¿Qué pasa Helen?

-Yo haré las preguntas aquí y tú las contestarás, para comenzar dime ¿Quién eres?

-No entiendo la pregunta – dijo Victoria confundida.

- ¡Responde!

- Soy lo que conoces de mí.

- Tendrás que esforzarte más porque mi paciencia está al límite y no respondo por mis actos.

- ¡Helen, cálmate! Pero, ¿Qué es lo que pasa?

- Dime, ¿Cómo es posible que no te enfermes? Has estado en la intemperie sin mascarilla, bajo la lluvia, Leo te vio cerca del Diablo y estás aquí, intacta. Respóndeme, ¿Quién eres tú?

- No lo sé, tal vez sea porque yo tengo fe por sobre todas las cosas. No le doy mucha importancia a esas cosas.

- ¿Alguna vez te has contagiado del virus del covid?
- No, pero no soy inmune ni nada por el estilo, es solo seguridad, fe, con eso puedo vencer el miedo y muchas cosas más que no puedo ver.
- ¿Seguridad?, ¿Qué significa?
- Es una forma de entrega absoluta en la fe en el Señor, en que estaré bien, en lo que sea la voluntad de Dios, siempre y cuando Él este a mi lado, yo estaré bien. Un ejemplo seria María, el ángel le anunció que estaba embarazada y creo que como lo haría cualquiera en su lugar, ella habrá sentido miedo, pues debió pensar en mil cosas, que dirían sus padres o que haría José, qué pensarían las demás personas que la conocían. Pero ella reprimió todos los miedos y respondió:
"Yo soy la esclava del Señor, hágase en mi según tu voluntad"
Al final todo puedes hacer si él está contigo. Dios me protege, solo eso sé, y estaré bien incluso si decides echarme.
- Cuéntame todo, ¿por qué el Diablo te sigue?
- No lo sé, lo empecé a ver en mis sueños cuando era una niña, tal vez de unos seis años, tenía pesadillas horribles y eran tan reales que nunca las olvidé.
- Siéntate aquí – indicó Helen más calmada.
En su mente empezaba a creer que la respuesta que tanto había buscado, todo ese tiempo estuvo frente a ella. -Háblame de los sueños.
- Recuerdo que comenzaron cuando vivía en la casa de unos parientes.
- ¿Quiénes?
- Era el hermano de mi padre y su esposa.
- ¿Por qué estabas con tus tíos y no con tus padres?
- Ellos me robaron de mi madre. La mujer solía llevarme como compañera de viaje a un almacén que se encontraba después de la frontera, en realidad fueron muy pocas veces, quizás una. Ese día vino a mi casa muy amable, escuché que le decía a mi madre que sólo serían unas horas y luego me traería. Así la convenció. Cuando me preguntó a mi si quería ir, me dijo que me compraría manzanas, allí los niños no soñábamos con dulces ni juguetes, sino frutas. Yo le creí, caí porque ni me había dado la manzana, ni me regreso a mi hogar. Y allí empezó todo, era un lugar en el campo, unos de los fortines del Chaco, no contábamos con electricidad ni modernizaciones, debíamos buscar agua del pozo que estaba a cierta distancia de la casa, se encontraba en un centro plano en el suelo, a su alrededor había altura de tierra seca. En mi sueño, yo estaba justo allí.

- La luz era baja – prosiguió Victoria - como cuando está anocheciendo, la noche caía sobre los matorrales y allí lo vi, sus ojos me tenían en la mira, sentí miedo, como nunca antes. Corrí, pero en la altura, antes de salir, él me atrapo con fuerza, sus brazos me rodeaban por el cuello y se tornó todo de negro, no podía respirar y entonces desperté. En esa casa dormíamos todos juntos en una habitación, escuché el ruido de la puerta abriéndose, era de madrugada, me senté aterrada en la cama, traté de despertar a los otros niños, pero no se despertaron. Era el mismo hombre que había visto antes y ahora me miraba desde la puerta, yo temblaba de miedo, en un segundo caminó de prisa hacia mí, me tomó de las piernas y me arrastró bruscamente, era violento, parecía estar lleno de ira. Recuerdo que gritaba mientras él me llevaba, logré agarrarme de la pata de otra cama mientras él me jalaba con fuerza, me encontré en el suelo gritando y la mujer que en teoría era mi tía, estaba alterada sacudiéndome. Estaba confundida, creí que había sido real y así sucesivamente. Por suerte más adelante empecé a tener sueños hermosos con Dios que opacaron un poco el tema.
- ¿También soñabas con Dios?
- Así es, pero eso ocurrió más adelante, después de mi bautismo, cuando tenía unos once años.
- ¿Qué fue lo que pasó en esa casa, donde vivías con tus tíos?
- No quiero hablar de eso.
- Es importante que me lo digas, yo puedo descifrar porque el Señor de la Oscuridad estuvo al margen de ti y no te ha hecho daño, a través de esto podría saber cómo vencerlo.
- Entiendo, pero créeme que no quieres saber.
- Dímelo, hazlo por nosotros, piensa en la niña.
Victoria guarda silencio un momento mientras tiene sobre ella los ojos atentos de Leo y Helen.
- No entraré en detalles, era una familia disfuncional, mentalmente enferma yo diría, tenían viviendo con ellos cuatro hijos, dos mayores y dos niños de mi edad más o menos. Había reglas, al comienzo yo me negaba a seguirlas y de seguido les pedía que me llevaran con mi madre, pero se molestaban y me castigaban haciéndome pasar hambre entre otras cosas. Después de un tiempo me habían cambiado, hacia lo que ellos querían, no me oponía a nada.
- ¿Qué es lo que hacían?
- Ya es suficiente Helen – dijo Leo.

- ¿Qué hacían Victoria?
- Eran muchas cosas, todo lo perverso que te puedas imaginar ocurría en esa casa.
- ¡Por favor Victoria!
- Había mucha violencia, incesto, depravaciones, mi tío era un hombre malvado y no es solo lo que hacía, sino lo que decía, me había mentalizado que yo no era nada ni nadie y pronto no sentí nada. Mi mamá fue varias veces a tratar de recuperarme, pero no me dejaban verla, discutían y luego ella se iba.

-Y eso lo entiendo – seguía relatando - porque mi madre no tenía familiares, nadie que la ayudara, eran ellos cuatro adultos contando con los hijos grandes, contra ella sola. En ese lugar no había autoridades ni religiones, era una tierra olvidada y apartada, debías viajar a otras ciudades para poder encontrar una estación de policía, Cerca de allí estaba la frontera de Argentina, cuando mi padre fue asesinado, ella fue allí a denunciar a los responsables y no la ayudaron, dijeron que el crimen había ocurrido del lado paraguayo y no les correspondía involucrarse, pero que sí podían llevarlo a las autoridades del Paraguay que quedaba lejos y necesitaban una buena suma de dinero con cuál ella no contaba, por lo tanto los criminales quedaron absueltos de los cargos. A sí que comprendo que ella después de unas cuantas veces de fracasar, dejó de luchar por recuperarme. Tampoco podía escapar porque sus hijos siempre estaban conmigo, aun así lo intenté unas veces, traté de huir mientras estaban distraídos, corría con todas mis fuerzas, pero siempre me alcanzaban y eso era muy malo.

- Después de un tiempo dejé de intentar de huir, me resigné, aprendí a mentir, robar, no sentía compasión por nada, era como si la maldad me habitara. Y fue ahí cuando lo empecé a ver en mis sueños. Todos teníamos castigos, la esposa, los niños, hasta los animales domésticos, a estos los quemaban vivos si fallaban y cuando se reproducían, nosotros los niños debíamos exterminar a las crías, nunca entendí para qué o porqué. Me alejaron de mi madre, también me quitaron de la escuela a la que asistía, el señor dijo que a partir de ese momento yo era su hija y sus hijos no perdían el tiempo con los estudios.

- Debí vivir allí como dos años. Cuando tenía ocho llegaron unos parientes que nunca había visto, la mujer dijo ser la hija de mi padre, de su primer matrimonio y vino a buscar a mi hermana pequeña. Me preguntó a mi si quería irme con ellos a la ciudad, muy lejos de allí, miré a mi tía, que me hizo un gesto de enojo, de que dijera que no a la propuesta, pero aun así yo dije que sí, y así salí de allí. Antes de venir la vi a ella, a mi madre, debí abrazarla, decirle que si traté de volver y que la amaba, pero no pude decir ni una palabra pues sentí ausente a la niña que ella consideraba su hija, ya no era yo misma. Comprendí mucho tiempo después que ella estaba pasando un mal momento, estaba enferma y nos mandó a la ciudad a que tengamos un mejor futuro. Luego llegué a Asunción, estuve como un mes con mi hermana y luego me mandaron a Villarrica.
- ¿Quiénes te acogieron allí?
- Era una mujer mayor, tenía tres hijos, todos adultos que ya se habían ido de la casa, también vivía con ella otra más joven, ella era la que me cuidaba como podía, tenía asma entre otros problemas de salud y mi habitación estaba en el segundo piso, por lo que le costaba subir, pero era la única que iba a estar conmigo siempre que podía. La casa era muy grande, en el piso de arriba había tres habitaciones, yo dormía en la última, sola, y ella iba a cuidarme, se sentaba en un sillón viejo hamacable y era lo mejor, porque yo vivía aterrada por mis pesadillas, con ella a mi lado el miedo se iba.
- Asistí a una escuela religiosa, iba a misa siempre. Luego comencé la doctrina, la preparación para la primera comunión, allí me enseñaron que existía un Dios, pero a mí me costaba mucho entender, comprender, así que no lo acepté, no creía en nada de eso. Me daba cuenta que las personas me miraban diferente, me criticaban, me rechazaban y eso me dolía, así que me comportaba peor, siempre daba problemas. En realidad, con eso esperaba que me devolvieran a mi madre, jamás hablaba de ella, pero eso era lo que quería, yo sabía que ella estaba mal y quería ayudarla.

Capítulo Nueve
Procesos A Una Conversión

Victoria seguía relatando su historia ante las atónitas miradas de los presentes.

- A los once años me bautizaron en la catedral, cuando salía de la iglesia tenía algo nuevo, no entendía que era, pero era como si estuviera en mí, después de eso descubrí una cosa que nunca antes había sentido o al menos no recordaba igual sentimiento.

- Al comienzo, seguí igual en mi comportamiento, ignorando lo que sentía, esa fue la primera sensación, el cambio, lo podría llamar la transformación. Recuerdo que intenté lastimar a una persona sin que se diera cuenta, pero no lo hice. Esa noche no pude dormir y me sentí arrepentida y confundida. Ese fue el segundo sentimiento de conversión que tuve, el arrepentimiento. El tercero fue compasión, encontré un pájaro muerto y sentí pena, lo puse en mi mano y desee curarlo, revivirlo. Lloré al recordar que yo, con los demás niños de mi tío, habíamos matado cientos de ellos, entonces ya no sabía quién era yo, comencé a sufrir esos sentimientos a diario, lloraba todas las noches hasta quedarme dormida, me sentía sola y vacía, extrañaba a cada uno de mis hermanos y a mi madre. Solo deseaba volver a verla, aunque solo fuera un minuto. Luego empecé a rezar, lo intentaba, me daba cuenta de que algo estaba mal en mí y quería que Él me ayudara.

- Era como si fuera dos personas, una era una niña llena de miedos y la otra era mala, llena de odio. Venia esa personalidad mala a mí y podía hacer cualquier cosa, pero seguí rezando. Un día le pedí a Dios que me ayudara, llorando le dije: ¡Ayúdame, quiero cambiar, quiero ser mejor! Entonces comencé a soñar con él. Lo podía ver desde sus pies, pero nunca su rostro, casi siempre estábamos en una especie de jardín y muy pocas veces en mi cuarto. Una vez me mostró el cielo, el infierno y otros lugares donde también había miles de personas o almas. Una era entre los vivos, estaban en todas partes, sin ser vistos, sus rostros eran tristes. Se veían cansados y perdidos, como si buscaran algo o alguien, caminaban sin parar, sin poder encontrar lo que necesitaban.

- Entonces tuve el tercer sentimiento, la fe. Me informé acerca de lo que fue la vida de Jesús y yo lo amé. A los quince años decidí que quería ser monja, yo amaba al Señor y quería alejar todo lo malo en mí en un convento, pero no me lo permitieron. Seguí soñando con el Diablo, me atemorizaba por las noches, a veces me abrazaba con fuerza y me decía cosas al oído.

- Un día me di cuenta que me encantaban los niños y seguido de eso soñé con uno de la estatura de unos cinco años, estaba sentado en un rincón de mi habitación, parecía que lloraba, me acerqué a él preocupada y de golpe se lanzó a mis brazos, me abrazó fuerte y me susurró al oído. Allí supe que era el demonio nuevamente, recé en mi mente y lo ahuyente. Desde ese momento siempre lo espantaba de ese modo, oraba, a veces en voz alta, eso no le gustaba y se marchaba. Llegué a pensar que él me buscaba porque conocía mi lado oscuro, sabía la fuerza de la maldad que tenía en las venas, lo que era capaz de hacer.

- A los dieciocho años decidí irme de la casa, no me había adaptado nunca, era una chica llena de problemas. Me llegó la noticia de que mi madre había muerto años atrás y allí colapsé, quise acabar con mi vida en varias ocasiones, me lastimaba, lo hacía para suplantar el dolor que llevaba dentro. Antes de irme abracé a la mujer que me había criado, le dije que la quería y me fui sin avisar. Después de un tiempo volví a comunicarme con ellas, me habían dado una educación, gracias a ellas conocí a Dios y nunca podré pagarles eso. A mí madre Gabriela le pedí perdón por los quebrantos que le cause en muchos años y llena de gracia, en risas me contestó - yo no sé de hablas mi querida hija - En su corazón sólo cabía el amor. Poco tiempo después ella falleció, busqué a mi hermana menor, renté un cuarto para ambas. Trabajaba desde casa porque le temía a todas las personas, no era buena para socializar ni hacer amigas. Nunca pude volver a confiar en nadie, pero si en Dios, porque Él nunca me falló, quise tener un hijo y lo tuve, cuando lo vi, quise ser una mejor persona, dejar el dolor atrás.

La narración de Victoria seguía sin que nadie emita un solo sonido.

- Entonces, la siguiente vez que soñé con el Diablo, le hablé por primera vez - ¡No me sigas más! le dije. Te respeto y no te juzgo, entiendo tu soledad, pero yo elijo a Cristo mi Señor ¡Acéptalo! Desde ese día no volví a saber de él, hasta que paso todo esto.

- El siguiente proceso de mi cambio fue el amor y el último el perdón. Perdoné a las personas que me habían lastimado, aunque me hayan robado la infancia y a mi familia. Nunca los volvería a recuperar, entonces aprendí a vivir con ello, de la mano de Dios.
- Me reuní con todos mis hermanos y fui feliz siendo madre. A veces los recuerdos volvían, pero solo duraban un momento, todo lo entregue a Dios. Mi padre y mi madre fueron asesinados y nadie fue a prisión. Pero yo confié en Dios, en su justicia. Recuerdo que quería matar a esas personas, imaginaba varias formas de hacerlo, pero cuando el Señor colmó mi ser de su amor, no tenía más lugar en mí la maldad ni la venganza. Así que dejé de odiarlos y yo oré por ellos para que conocieran a Dios, sentí compasión por ellos, ya que son unos pobres desgraciados que no conocen el amor, la bondad ni el respeto. Probablemente habrán tenido una infancia vacía, quien sabe. Y agradecí a Dios que mandó a mi hermana mayor a rescatarme. Me quedó pendiente darle las gracias a ella y a su esposo, porque si no fuera por ellos, seguiría ahí. Yo logré salir de ese hombre, pero su propia hija, a quien le hacía lo mismo que a mí, se quedó allí lamentablemente.
- Y es verdad lo que dijo Leo, en varias ocasiones creo que el diablo vino a visitarme en la azotea y lo he ignorado orando, buscando a Dios en el espacio. Ese día que estaba bajo la lluvia era una muestra de fe, nada más estaba orando, sin ningún tipo de miedo. He buscado la forma de hacer que el señor vuelva y se quede permanentemente con nosotros, cuando lo haga, el demonio abandonará nuestra tierra. Debemos cambiar todos y Él nos dará otra oportunidad.

En la sala estaban todos preocupados, así que fueron llegando a la cocina a ver qué es lo que pasaba, Ana cargaba al bebé.

- Creo saber lo que pasó – dijo Victoria - pienso que Dios perdió la fe en nosotros, antes Él estaba arriba y el Diablo abajo, pero se cansó de ver cómo nos destruíamos unos a otros y se fue a otro lugar, dejando a cada uno a su suerte. Entonces el Diablo tuvo el paso libre para gobernar.

Helen se pone de pie con los ojos llorosos y abraza a Victoria.

- Ahora lo entiendo todo, se cómo ponerle fin a esto, es a través de lo que Victoria nos contó. Con la fe, la compasión, el sacrificio y el amor, son las mismas virtudes que el mismo Jesucristo nos ha enseñado. Antes debo decirte algo Rubén, ya es hora de que veas a tu hija, acuérdate, es lo único que te queda de Susana. Sé que no hay consuelo a tu pérdida, pero en tu interior busca la fuerza en el Señor, recurre a él y lo encontrarás. Susana ha muerto, lo siento, pero debes volver a nosotros, yo te necesito y la niña también.
Rubén deja caer una lágrima.
- ¿Victoria?
- ¿Sí?
- ¿Qué fue lo que te dijo Susana al oído aquella vez?
- Dijo que debía hacer un viaje, que te dijera que no te pierdas, que debes seguir adelante, cuidar de la niña y que te amaba. Eso fue.
- Yo amaba a esa mujer, era encantadora, las peleas siempre terminaban en algo no apto para menores - dijo Rubén y al fin sonrió. Los demás también lo hicieron, era algo hermoso en realidad.
Finalmente estaba listo para conocer a la niña fruto de su amor. Ana la inclina, Rubén ríe entre lágrimas. Se sentía feliz.
- ¿Quieres cargar a la bebé?
- Su nombre es Magui, por supuesto que sí, la cargaré.
- ¿Puedes buscar del almacén unos teléfonos satelitales Simón? – Consultó Helen - Teníamos dos, por favor tráelos.
- Claro – le contesta y en unos minutos los trae.
- Bien, estos teléfonos deberían funcionar sin internet, se conectarán a un satélite, espero que alguien pueda oírme.
- Inténtalo –dijo Victoria.

- Probando, probando, espero que alguien me escuche, me llamo Helen, tengo un mensaje importante: Para empezar, si me escuchas Oscar, si te acuerdas de mí, en el hospital de Barrio Obrero me necesitaste y me negué a ayudarte, a cambio de eso te amenacé. Lo siento, debí ayudarte. Podemos cambiar el mundo, está en nuestras manos, he descubierto que para vencer al enemigo debemos convertirnos, si unimos fuerzas en la fe, sé que lo lograremos. Si me escuchas, te pido que creas en Dios, en su amor, Él no te ha olvidado, levántate, sacude de ti el enojo, la rabia, la impotencia, el dolor, la soledad , el rencor, toda injusticia que has vivido, colócala en una caja imaginaria y entrégala al Señor, Él sabrá que hacer. Créeme, es para que el Señor, nuestro Dios, ponga su esperanza en nosotros y vuelva a tener fe. Hagamos un mundo mejor, uno de respeto, de amor, de bondad, de compasión entre nosotros. Que acabe la envidia, el afán por ser mejor que el otro, la venganza, la cobardía, el egoísmo, la maldad, seamos humildes y empecemos a ver las cosas siempre desde el amor. Eso es todo, ahora haré algo que debí hacer hace mucho tiempo, cambio y fuera.
- Pero ¿Qué harás Helen?
- ¿Qué haremos querrás decir? mi querida Ana.
Todos miran a Helen.
- Escuchen, llegó la hora de enfrentar el problema, saldremos a la azotea y le mostraremos que tenemos fe. Helen se quita la mascarilla y camina, Victoria es la segunda en quitarse la máscara, luego todos las siguen.
Helen se sentía mejor que nunca, siente un escudo gigante, su escudo es Cristo, se coloca en el centro de la azotea bajo en sol.
Leo toma de la mano a Victoria, Rubén sostiene a su hija con fuerza.
Luego Helen inhala profundo y grita:
- ¡Yo soy Helen Lezcano y no temo, porque el Señor es mi pastor, Dios es mi Señor!
El diablo al parecer se está poniendo de pie haciendo temblar el edificio.
- Te respetamos y te compadecemos a ti, hijo de la oscuridad, pero te pedimos que abandones nuestra tierra ¡Vete!
Mientras Helen hablaba, Leo siente que es su última oportunidad de decirle a Victoria lo que sentía.
- ¡Victoria!, ¡Victoria!, mírame por favor, escúchame.
Ella voltea a mirarlo.

Leo toma sus dos manos, entrecruza sus dedos con los suyos y la mira a los ojos.
- Te amo.
- ¿Qué? ¿Qué es lo que dices?
- Yo te amo, hace mucho tiempo que me muero de amor por ti. Solo necesito que creas en mí, yo jamás te haría daño, veme a los ojos, ahora entiendo todo, no quise decírtelo antes porque no quería perderte, pon tu mano en mi pecho y siénteme Victoria, yo soy el hombre que no has conocido jamás.
Victoria colocó su mano derecha en el pecho de Leo y sintió en su palma su respiración, cerró los ojos e imaginó a aquel hombre que había añorado alguna vez.
- Yo te creo – dijo envolviendo su cuello con sus brazos y lo besa.
Mientras Leo cerraba los ojos, sentía ese beso apasionado como uno que jamás le habían dado. De fondo se escuchaba a Helen proclamar a Dios. Los demás se tomaban de las manos. Rubén estaba en el centro con su pequeña hija y Leo con su amor conquistado.
En ese momento, no solo Victoria había vuelto a creer, sino también el Señor. Los vientos furiosos se calmaron, la tierra fue limpiada y los cielos se colmaron de fiesta, de nubes celestes. Miles de aves volaban a lo alto, regresando, porque la vida había vuelto. El mal se había ido. Se abrazaron todos colmados de felicidad. No podría ser más feliz pensaba Leo, mientras veía a Victoria sonreír. Pero un sonido extraño le borró la sonrisa.
De pronto abrió los ojos y se encontró en otro lugar. Se sentó rápidamente verificando que estaba en una cama.
- ¿Qué? ¿Pero qué demonios?
Su mente trabajaba a mil por hora, retrocede el tiempo y recuerda que allí vivía antes. Ve sus pertenencias, la fotografía de su padre en la mesita de luz. Lo asustan unos golpes provenientes de la puerta, se levanta aturdido y abre la puerta.
La luz del sol de la media mañana hostigaba sus ojos.
- Hola amigo, llevo tiempo golpeando tu puerta, no atendías el teléfono, así que vine hasta aquí. ¿Estás bien?, ¡cielos te ves mal!
Era Carlos, el ayudante de Leo.
- ¿Qué año es?
- Diciembre 2021, ¿Qué sucede amigo? ¿Has tenido una mala noche?
Leo piensa en Victoria, en aquel beso, su voz, sus ojos, su sonrisa y se marea un poco. Carlos lo ayuda y lo regresa a la cama.

- ¿Pero qué demonios? ¿Estás enfermo?
- Estoy completamente confundido, ¿Puedes abrir la persiana de la ventana? Quiero ver el exterior.
Carlos la abre preocupado.
- ¡No puede ser! – dijo Leo abatido.
- Tranquilo viejo, siéntate y cuéntame que te está pasando.
Leo le contó toda la historia con detalles, Carlos escuchaba impresionado.
- ¡Vaya! Eso fue conmovedor y escalofriante, pero fue solo un sueño, mira qué lindo está el día. Cambia esa cara y alístate, tienes unos amigos caninos esperándote, entre ellos, dos para cirugía.
- La verdad no me siento muy bien, atenderé a los que ya hayas agendado, después solo agarra los que sean para urgencia, debo hacer unas cosas por la tarde.
- Está bien, te haré el desayuno para que cobres fuerza y le daremos color a ese rostro pálido.
Leo se sentía realmente triste, sus ojos brillaban mientras veía a través de las persianas. Los autos pasaban con velocidad y algunas personas caminaban por la vereda. Escuchó las voces de unos niños y recordó melancólico a cada uno de los integrantes del refugio, recordaba hasta el rostro chiquito de la pequeña Magui.
- Listo, acércate a la mesa amigo, te he hecho unos omelettes de huevo exquisitos y por otra parte un buen jugo de durazno helado ¡Vamos a comer!
Carlos fruncía la frente mientras lo observaba devorarse aquello como si no haya comido en días, pero se quedó callado. Después fueron a la veterinaria. Aunque Leo estaba distraído, había terminado su trabajo exitosamente.
- ¿Me harías un favor?
- ¡Si claro! Dime – respondió Carlos.
- Debo ir al centro ¿Me acompañas?
- Por su puesto ¿A dónde quieres ir?
- A la calle Félix de Azara.
Recorrieron todo el centro capitalino hasta llegar hasta la ubicación.
- Por favor maneja despacio desde aquí.
- Ok amigo.

Leo miraba con entera atención cada calle, sus casas y negocios, todo se veía tal como lo recordaba. Era por ahí donde caminaba con su grupo con cautela. Desasosiego, el deseo más noble de vivir. Su corazón se aceleraba de una forma inmensurable puesto que su mente lo reconocía todo y estaba a punto de llegar donde debía estar el departamento que habían usado de refugio.
- ¡Detente justo aquí! Dijo Leo con la voz ronca.
Se quitó el casco, bajó de la moto y elevó su mirada asombrado.
- ¿Qué sucede amigo?
- Este es el lugar donde nos refugiábamos del demonio.
- Habrás estado aquí antes, por eso lo soñaste.
- Seguro pasé por aquí, pero no conocía los detalles ni este departamento. Yo lo veo y es exactamente como si haya vivido aquí durante años.
- Con todo respeto te digo que creo que aún estas confundido.
Leo sintió ganas de acercarse para comprobar si Susana y Darío se hallaban ahí. Los vehículos pasaban uno tras otro y lo alteraban, así que decidió no indagar en el asunto. Tal vez era una gran coincidencia nada más.
- Llévame a casa – dijo con los ánimos caídos.
Al día siguiente, Leo volvió al trabajo y trato de pensar en lo más lógico, que había sido sólo un sueño, pero no podía olvidarse de Victoria. El deseo inmenso de encontrarla llegaba casi a la locura. Donde de pronto veía una mujer de cabello largo y negro caminando la seguía hasta comprobar que no era ella. Luego terminaba el día sintiéndose un completo idiota, en noches le costaba dormir, pasaba las horas reviviendo los momentos que había pasado con ella, sus historias sus miedos. La televisión se convirtió en una buena compañera, se quedaba dormido viendo películas.
- Buenos días señor.
- ¿Qué demonios haces aquí? - dijo Leo desde su cama.
- Como no solo soy tu empleado, sino también tu amigo, me tomé el atrevimiento de hacer una copia de la llave, te la entregaré cuando te vea bien. Me llamaron de la Colmena, dicen que no atiendes el teléfono.
- ¿Qué es lo que quieren?
- Dicen que el fin de semana no fuiste, ni has hablado con ellos desde entonces. Te han depositado el dinero y te han mandado por correo el inventario. Están esperando el aguinaldo. Mañana es navidad amigo.

- ¿La noche buena?
- Sí, ¿entonces que harás? yo tengo libre puedo acompañarte si quieres ir ahora.
- Está bien, iremos.
Mientras Carlos esperaba, abrió las persianas y miró detenidamente la sala estar de Leo. Se acercó a un escritorio donde había hojas acumuladas y libros del Paraguay, mapas de Fortín Ayala Velázquez, Boquerón, zonas cercanas al Río Pilcomayo, Margariño, Chaco paraguayo.
- ¡Vaya! todo es referente al chaco.
- ¡Vámonos! dijo Leo.
Ese día, se puso al día en los negocios. Visitó la casa de su padre y habló con él, en el silencio le contó l que él creía que había vivido, le pidió su bendición. Además que si tenía algún tiempo libre, que le hablara sobre él al Señor, de sus sentimientos y sus sueños. Luego volvió a su departamento de Sajonia.
- Bueno, gracias por acompañarme hoy.
- No fue nada, ¿y mañana que harás, dónde pasaras?
- Pues aquí solo.
- Nada de eso, pasa con mi familia ¡Vamos! Te mandaré la ubicación, pero atiende tu teléfono, muchos de tus amigos me han llamado, dicen que no les contestas. Escucha amigo, si no olvidas aquello del sueño, te quitaré una cita con un psiquiatra y yo mismo te acompañaré.
- Está bien, ya vete – respondió Leo.
Esa noche de navidad, antes de ir a la casa de la familia de Carlos, Leo salió a recorrer el centro de Asunción en su vehículo. Conducía lento por las calles, adornadas de luces navideñas, alrededor del Mall. Mientras en su radio sonaban canciones que traían de vuelta a su mente la imagen de la chica del sueño, tales como You are Beautiful y Perfect. Después de haber buscado vivir aquellos recuerdos, llegó a la casa de Carlos, y no tardo en sentir el calor que ellos le brindaban. Era una familia numerosa, sus risas y carcajadas lo llenaron de paz. Agradeció a Dios por todo lo que tenía. Esa noche al fin sintió sueño y al llegar a su cama, descanso.
En unos días, Leo llevó a cabo una idea que tenía en mente. Se acercó a la iglesia y solicitó hablar con un sacerdote, la mujer de la secretaría lo agenda para el día siguiente. Y él espero ansioso. Cuando se encontró con el padre, se sentó frente a él e hizo silencio, buscando la manera de empezar.

- ¿Cómo estás hijo?, soy el padre Alberto ¿Cómo te llamas tú?
- Me llamo Leonardo, no vine a confesarme, yo quería hacer una petición, una ayuda quizás.
- Está bien, entonces dime.
- Estoy informado que muchos sacerdotes son predicadores y viajan alrededor de país llevando la palabra de Dios, ¿Es así?
- Sí, ahora mismo no es mi especialidad, pero en mi comunidad de sacerdotes, está la congregación de misioneros que si lo hacen ¿Qué necesitas hijo?
- Quisiera solicitar apoyo espiritual para una comunidad en el Chaco, es una zona donde la mayoría de las personas son ateas, pienso que necesitan que se les inculque valores, ética y por supuesto, el camino de la salvación.
- ¿Conoces el lugar? - dijo el padre.
- Puedo indicarles en el mapa. Estoy dispuesto a colaborar en los gastos de viaje y todo lo que sea necesario.
- Bien, mira, te daré el número de celular del encargado que te ayudará. Es el padre Sergio, dile que has hablado conmigo. Muéstrale la ruta y coméntale el caso, ellos programarán el viaje. Luego será solo cuestión de tiempo.
- Muchas gracias padre.
- A ti hijo ¡Espera!, permíteme hacer una oración de bendición sobre ti. Bendice Señor a tu hijo Leonardo, ilumina su camino siempre con la gracia de la prudencia y la sabiduría, que tenga salud, que tenga el amor y la compañía de la mujer indicada para él. En nombre de nuestro Señor Jesucristo. Amén.

Leo se sorprendió al escuchar las palabras del padre y salió de la iglesia sintiéndose mejor.

Capítulo Diez
La Gracia De La Fe

Los próximos días se había encontrado con el padre Sergio, con quién estableció una amistad de inmediato, conoció a un grupo de voluntarios que solían viajar cada año al Chaco llevando agua y productos no perecederos. Pero viendo en el mapa el lugar que él indicó, reconocieron que al menos ellos, nunca habían llegado hasta allí, quedaba a unos 650 kilómetros de Asunción y es probable que tuviera un punto cerrado, lo que generalmente evitaba que los misioneros se adentren.
Leo se había unido al grupo de voluntarios como recolector de productos, ropas y calzados de segunda mano, todo aquello que las personas pudieran donar para diferentes partes del país de extrema pobreza, incluyendo el hospital del niño, hogares de huérfanos y comedores de caridad.
Y todo aquello lo motivaba ¡qué bien se sentía poder ayudar a los demás! sembrar una sonrisa Es entendible que esas personas deben tener muchos problemas, pero si tan solo pudieras hacerlas feliz un día, una hora o un minuto, es suficiente para seguir adelante, pues han visto tu compasión y han sentido que también son importantes.
- Hola amigo, hoy es feriado, pero decidí venir igual. Me preocupas, no sales, ignoras a tus amigos, no contestas el teléfono ¿Qué sucede?
- Solo quiero hacer cosas que me hagan sentir bien, sin son mis amigos, entonces vendrán aquí, pero ellos solo quieren salir y probamente que yo les pague los tragos.
- ¿Y qué es lo que te tiene tan apagado? – dímelo.
- Siento que algo no está bien, me incomoda ¿alguna vez has sentido como si estuvieras olvidando algo o si te faltara una cosa? ¿O debías a ir junto a alguien y sientes que esa persona te está esperando?
- No estoy muy seguro – contestó Carlos – amigo, haz algo diferente ¿quieres? Olvídate de la mujer del sueño ya.
- Es que no puedo, lo he intentado.
- Hay cientos de mujeres afuera, a elección viejo.
- No comprendes Carlos, no creo que haya otra como ella, era tan tierna, frágil y a la vez fuerte. Tú sales con diferentes mujeres, eres un sinvergüenza, no sabes nada del amor.

- Para que sepas, eso es ahora, pero de aquí a unos cinco o seis años, cuando tenga treinta, me calmaré, tendré solo una chica y formaré un hogar con ella ¡quien será la suertuda! no lo sé, sólo vivo al máximo mi juventud.
- Y me parece genial, solo que no debes lastimar a nadie, sé cauteloso, si te descubren crearás una cadena de destrucción, eso me dijo una amiga, que el dolor y la maldad eran una cadena, si se lo haces a alguien esa persona herida pierde la fe o cobra maldad, entones se lo vuelve a hacer a dos más, esas personas a otras cuatro y así sucesivamente ¿Entiendes?
- Si lo entiendo, tendré cuidado. Y supongo que fue la misteriosa Victoria la que te ha dicho eso. Pero escucha, te decía; como no sales mucho, yo vine a hacerte una invitación, tengo una amiga que tiene una hermana soltera ¡que está buenísima!
- No gracias, verás tengo justo hoy, una cita con mi cama – respondió Leo con gracia.
- Bien, olvídate entonces de la hermana, pero no puedes quedarte aquí encerrado todo el día, es sábado, haz algo divertido ¿Qué tal si vamos a la costanera a recorrer? o simplemente al parque Carlos Antonio López a caminar, a tomar aire.
En ese momento Leo recordó las palabras de Victoria, cuando le había contado que iba a ese parque con su niño. Lo mucho que le gustaban sus árboles entre otras cosas.
- Sí, quiero ir al parque – dijo.
Desde entonces, Leo comenzó a ir al parque todos los días, de acuerdo al tiempo que disponía, se sentaba en los bancos frente a los juegos de los niños y la esperaba.
El día después de la fiesta de año nuevo, sábado uno de enero por la tarde, se encontraba esperando de nuevo en la vieja banca del parque.
- ¡Ahí estas!, mírate nada más, te ha crecido el pelo, tienes barba, ya pareces Jesús viejo. Me preocupas. Quiero que sepas que el martes tienes una cita con un psiquiatra, yo te acompañaré. No puedes seguir viniendo aquí esperando ver a alguien con quien soñaste.
La verdad es que Leo ya comenzaba a dudar, la había buscado tanto tiempo sin resultado. Ese día había mucha gente en el parque, niños corriendo, gritando, en el pasto y en los juegos, los vendedores de juguetes, de algodón de azúcar entre otras cosas, ofrecían sus productos en alta voz, amontonado de voces y eco el lugar. Tal vez Carlos tenía razón pensaba mientras tenía la vista puesta en el suelo.

De pronto escuchó una voz muy familiar entre la multitud.
- ¡Ve a jugar con los niños cariño!, te estaré viendo desde aquí.
Levantó la vista de inmediato, una mujer de cabello oscuro y largo se encontraba frente a él, a unos metros de distancia. Llevaba un atuendo de gimnasio, estaba de espaldas. Cada parte de ella era tal cual como él la recordaba. Giró, miró a su alrededor y su corazón se aceleró, se colmó de alegría, pues definitivamente era ella.
- ¿Qué pasa? ¿Viste al diablo o qué?
- ¡Es ella!, dijo con la voz entrecortada.
- ¡No puede ser! – eso es imposible.
No hay imposible para el Señor, te lo he dicho.
Era un hecho que ella no lo conocía, pues al verlo, había pasado por desapercibido ante sus ojos.
Tenía unas ganas inmensas de correr y abrazarla, decirle lo mucho que la había esperado, pero trató de controlarse, pensar en cómo acercarse a ella. Sabía que Victoria no confiaba en nadie, cualquier idea parecía un rechazo seguro.
- Estoy muy impresionado – dijo Carlos – pero después habrá tiempo de entender, ahora debes acercarte a ella y presentarte.
- ¿Y qué se supone que le podría decir?
- No lo sé, pero esto debe ser una señal. Solo camina hacia ella y lo que debas decirle se presentará en el momento, créeme – aseguró Carlos.
- ¡Vaya! qué alegría, esto significa que los demás están bien. Rubén, debe estar feliz con Susana, Ana y su madre, Simón: reunido con su familia, y Helen será una gran doctora sin duda, pensaba Leo mientras la miraba.
En eso, una familia que estaba sentada en la banca de a lado, de pronto se levantan y se marchan. Victoria ocupa ese lugar. Desde allí miraba alegre a su niño.
Leo se juega a hablarle, dirigiendo sus pasos hacia ella.
Carlos los miraba entretenido, todavía no pudiendo entender cómo era posible aquello.
Leo termina sus pasos frente a Victoria, con sus manos en los bolsillos y sus ojos brillosos. Contenía sus emociones, si fracasaba, igual habría experimentado un milagro, el de haberla encontrado, pero estaba dispuesto a conquistarla de todos modos.
Victoria lo miraba, directamente a sus ojos.
- Hola; ¿Qué tal?
- ¿Te conozco? – dijo ella.

- Tal vez, me llamo Leonardo.
- Yo soy Victoria, ¿Te sientes bien?
- La verdad siento como si el pecho me fuera a explotar, por favor no me temas, es solo que hoy he tenido unas cuantas impresiones.
- Entiendo, tranquilo ¿quieres sentarte conmigo?
Leo se sentó a su lado recordando, los tiempos viejos que pasaban horas charlando, la miraba como si la haya esperado mil años y ahora estaba allí, se veía diferente, tenía un brillo distinto, tal vez era la dicha de tener a su hijo.
- ¿Y cuál es tu niño?
- Es aquel, el de blanco – respondió Victoria.
- ¡Vaya! es un niño hermoso. Victoria, sé que no me conoces pero, por favor no me temas, desde que te vi hace rato quise hacerte una pregunta.
- Está bien, dime.
- ¿Puedo invitarte a ti y a tu pequeño a tomar un helado cerca de aquí?, bueno, si no quieres eso, para ti podría ser un café quizás ¿Qué dices?
Victoria se quedó en silencio un momento mientras pensaba: Dios mío ¿Quién este hombre? Siento que lo conozco de toda la vida, su aspecto, me es tan familiar ¿será que puedo confiar?
- ¿Sabes qué?.. Está bien, iremos contigo.
- ¿Cómo? - dijo Leo asombrado.
- Acepto el café Leo - respondió Victoria con gracia.
Leo aspira el aire profundo, eleva la mirada al cielo y sonríe.
Se alejaban lentamente los tres, el niño lo tomó de la mano y de la otra a su madre, mientras Carlos los miraba desconcertado y a la vez feliz.

"La misericordia y la verdad se encontraron; La justicia y la paz se besaron. La verdad brotará de la tierra, Y la justicia mirará desde los cielos". (Salmos 85:10-11)

**Créditos: James Blunt- You're beautiful

AGRADECIMIENTOS:

Mis profundos agradecimientos por ayudarme a hacer realidad este libro a:
Simón Lezcano.
Escritor Francisco Navarro Lara.
María Tebez.
Rubén Rebollo.
Leticia Coronel.

Made in the USA
Columbia, SC
28 January 2022